中国历代通俗演义故事·农闲读本

刘公案

原著 佚　名
编著 李延勇
插图 刘　岩

 吉林出版集团股份有限公司

图书在版编目(CIP)数据

刘公案 / 李延勇改编. —长春：吉林出版集团股份有限公司，2008.11(2023.8重印)

(中国历代通俗演义故事：农闲读本)

ISBN 978-7-80762-945-0

Ⅰ. 刘… Ⅱ. 李… Ⅲ. 侠义小说—中国—清代—缩写本 Ⅳ. I242.4

中国版本图书馆 CIP 数据核字(2008)第 165838 号

书　　名	刘公案 LIUGONG AN
出版策划	崔文辉
责任编辑	刘虹伯
出　　版	吉林出版集团股份有限公司 (长春市福址大路5788号，邮政编码：130118)
发　　行	吉林出版集团译文图书经营有限公司 (http://shop34896900.taobao.com)
制　　作	猫头鹰工作室
电　　话	总编办 0431-81629909　营销部 0431-81629880
印　　刷	三河市金兆印刷装订有限公司
开　　本	889×1194 毫米　1/32
印　　张	6.75
字　　数	104 千字
版　　次	2008 年 11 月第 1 版
印　　次	2023 年 8 月第 2 次印刷
标准书号	ISBN 978-7-80762-945-0
定　　价	38.00 元

(如有印装质量问题请与出版社调换。联系电话:18533602666)

前 言

《刘公案》以清代名臣刘墉为主人公,由清代公案小说《刘墉传奇》《罗锅逸事》《双龙传》《青龙传》等故事演绎而成。刘墉(1719年~1804年),俗称刘罗锅,字崇如,号石庵,山东诸城县逄戈庄(今山东省高密市)人,大学士刘统勋之子。乾隆十六年进士,做过吏部尚书,体仁阁大学士,《四库全书》馆副总裁。刘墉一生忧国忧民,清正廉洁,奉公守法,勤俭自律,没有贪污过国家任何财物,处处为人民利益着想,深受百姓的爱戴,书法造诣亦极高,名满天下,死后谥号文清。有《石庵诗集》存世。

本书主要讲述了刘墉在江宁府(今江苏省南京市)任职期间不畏权贵、秉公执法、平断冤狱、惩办贪官污吏、为民伸冤的故事,突出刻画了主人公正气凛然、执法如山的形象。除此之外,他还有点小市民的狡黠性格,人物形象十分丰满。语言生动朴实,故事情节悬念迭起,扣人心弦,生动有趣,具有很强的可读性和吸引力。作品所表现出来的除暴安良、为民做主的"刘青天"形象,也正是老百姓内心中所殷切期盼的。本书的思想内涵深刻,有一定的社会现实意义,对弘扬中华民族传统美德、构建新形势下的社会主义农村思想文化建设、彰显和谐社会的内涵都有一定的借鉴意义。

我们在这里只是选取了我们认为比较有意思的、有代表性的十个案子,并对这些案子进行了适当的改编、加工,力求最大限度地保留原著的精华,并试图用轻松活泼的形式、简洁通俗的语言、曲折动人的故事向读者展示这部作品的风采,让读者感受作品的魅力,了解那个时代的历史背景和人的境遇,以及通过文字所表现出来的当时人民的美好愿望。

　　自然,我们的改编、加工肯定存在这样或那样的问题,也许是没有原著那样动人和有艺术感染力,还有许多不尽如人意之处,但我们在改编中尽量努力做得更好,而且尝试用十个案子让读者窥见整部作品的魅力。希望广大读者能够给予我们以批评、建议,以便我们今后不断地改进。

编　者

目录

第一回	刘罗锅重审李有义	/001
第二回	为破案私访白翠莲	/005
第三回	陈大勇夜半探真相	/009
第四回	刘罗锅为难二衙役	/013
第五回	钟老赌场自投罗网	/017
第六回	白翠莲堂上递冤状	/021
第七回	钟自鸣公堂上伏法	/026
第八回	徐五仗势横行霸道	/030
第九回	刘墉入徐宅探贼情	/034
第十回	陈捕快夜救刘知府	/038
第十一回	围徐宅困兽犹挣扎	/042
第十二回	十里堡官兵战恶霸	/046
第十三回	嫌礼轻总督斥罗锅	/051
第十四回	女头与男身现井中	/055
第十五回	害人命李四中邪祟	/059
第十六回	昧良心盟兄杀盟弟	/063
第十七回	王二楼贪财误偷尸	/068
第十八回	武姑子堂上受夹刑	/072
第十九回	城隍庙装神套实情	/076
第二十回	伸正义吴旺告吴仁	/080
第二十一回	查究竟叔嫂露破绽	/084
第二十二回	明案情知府大劈棺	/089

094 /	第二十三回	害长兄叔嫂暗通奸
100 /	第二十四回	杨武举仗义遭陷害
104 /	第二十五回	官匪暗勾连共为虐
108 /	第二十六回	刘罗锅设计赚赃银
113 /	第二十七回	吴信招供终言真相
117 /	第二十八回	陈大勇英名震贼窝
121 /	第二十九回	李文华贪色生淫欲
125 /	第三十回	狗肉王杀人又栽赃
129 /	第三十一回	尸首分家祸事连连
134 /	第三十二回	罗锅欲为死囚翻案
138 /	第三十三回	刘知府再审连环案
142 /	第三十四回	刘罗锅巧计解难题
146 /	第三十五回	金寡妇弄神贪供品
150 /	第三十六回	刘罗锅御旨试清廉
155 /	第三十七回	主考官深州查赈粮
159 /	第三十八回	刘罗锅御封大学士
163 /	第三十九回	李忠喊冤欲救主人
167 /	第四十回	钱知县欲杀人灭口
172 /	第四十一回	泄奸三官役戴枷锁
176 /	第四十二回	陈大勇进庙认凶徒
180 /	第四十三回	大勇三人夜袭寺庙
184 /	第四十四回	萧飞贼落网受剐刑
189 /	第四十五回	段文经拒聘惹祸端
193 /	第四十六回	劫大狱血洗道台府
198 /	第四十七回	擒刘奉总督即遣兵
202 /	第四十八回	徐克展德州被生擒

第一回

刘罗锅重审李有义

清朝乾隆年间出了一位贤臣,这个人就是大名鼎鼎的刘墉,俗称刘罗锅。这一年,他被乾隆爷钦点为金陵江宁府(今南京)知府。刘罗锅接到皇命后,不敢怠慢,立刻起身赴任,只带了一名仆从张禄。爷儿两个乔装打扮,雇了两头毛驴就上了路,一路上饥餐渴饮,晓行夜宿,路上艰苦自不用讲。这一天,爷儿俩就来到了金陵城外。

花开两朵,各表一枝。再说金陵江宁府这边。自从他们接到了朝廷的命令,说乾隆爷御笔钦点的江宁新任知府刘墉要走马上任,三班衙役便天天在接官亭等候,大家猜测新官的容貌和打扮,众说不一。这一天,众官吏正在闲谈,忽然看见两个人骑着毛驴迎面而来。众衙役一见,齐声大喝:"还往哪走?这是接新官的所在。再往前走,小心打折你们的狗腿!"张禄大喝一声:"大胆!这是江宁府新任知府刘大人!"众衙役一听是刘罗锅来了,个个吓得胆战心惊,纷纷跪倒在地,磕头求宽恕。江宁府下属官员也纷纷开口:"卑职等迎接来迟,望大人海涵。"刘罗锅一摆手,众官员衙役等人在后面紧紧跟随,来到了接官亭上,众人一起参拜刘罗锅。赶脚的瞧见这个情景,立刻有点晕头转向,心说:"好家伙,怪不得雇驴时也不讲价,我还以为可以赚一笔呢!没想到是知府!我可惹不起,算了,驴钱我也不要了!"赶脚的想到这里,回头就走。刘罗锅是何等的聪明,一看就知道赶脚的心里害怕,不敢过来要钱。他忙叫张禄说:"张禄,把咱爷俩的驴钱给他,他是个穷苦百姓,靠这个为生,咱们不可白骑他的驴。"张禄答应一声,对赶脚的高声喊叫:"赶脚的,你快回来!大人有赏。"赶脚的一听有赏,连忙跑了回来。张禄拿了一吊钱,递了过去,那人接过,叩了头,谢了赏,高高兴兴地走了。刘罗锅这才吩咐:"看轿过来。"众衙役答应,抬着四人大轿,鸣锣开道,响声震耳,好不威风。

百姓们听见声音,都跑出来看新上任的刘大人,大道旁边闹哄哄的。只看见:刘大人头戴一顶红缨帽,缨儿都发了白。帽胎子用青绢补了一块,一件青缎褂子穿了很多年,浑身都是窟窿眼,方头官靴磨得厉害,好像几个月都没有刷过一样。刘大人这一身打扮,从头到脚加起来最多不超过两吊钱,可谓寒酸之极。百姓见了都不由得发笑,议论纷纷:"这位大人真穷。""这哪像新上任的老爷啊。""我从来就没见过新官穿成这样上任的。"

转眼间,轿子到了府衙前。刘罗锅下了轿,一直到了后堂坐下,吩咐张禄传话:"今日晚了,明日早堂接印,升堂办事。"张禄来到了堂口,照大人的吩咐传了,官员衙役纷纷散去不表。张禄进内回禀了大人,刘罗锅点点头,随即吩咐:"张禄,把咱们爷儿俩吃剩的干粮,掏出来罢。"张禄答应,打被套里面把东西掏出来。什么东西？就是京城里带来的吃剩下的两个硬面馒头，还有道儿上没吃完的烧饼。刘罗锅又吩咐："张禄，你去告诉厨房，下面官员送的酒菜，咱爷俩全都不要。你拿钱去买三十钱稻米，煮点粥，就着这两个干粮，算咱爷俩的一顿饭。"等到他们爷儿俩吃完了饭，天色也暗了下来。刘罗锅看了一会书，二更天的时候对张禄说："这几天走路十分疲劳，咱们赶紧休息吧。"张禄急忙伺候刘罗锅睡下。一夜无话。

第二天早上，刘罗锅对张禄说，"传出话去，本府立刻升堂，受印办事。"张禄答应一声，来到堂口站住，高叫："马步三班人等听真，大人传话：立刻升堂，受印办事！"衙役们齐声答应，口中喊着"威武"。不多时，大人身穿朝服，升堂坐下。属下的官吏、牢头、乡约、保正等人过来参见后，两旁站立。大人座上吩咐将放告牌抬出，等待百姓申冤告状，然后阅览各州县上报的文书，处理日常的公务。

江宁府的首郡上元县刘祥呈报："本县北关有一个开店之人，名叫李有义。一日晚间有夫妻二人住在他的店中。李有义图财害命，用尖刀将男子杀死，女子逃跑，不知去向。现有李有义的口供为证，请大人阅览。"刘罗锅听完后说："且慢，这事情不太符合常理。店家既然能把男人杀死，女子岂能逃跑？就算是逃走，男人被害，她哪有不鸣冤告状之理？依本府看来，这件事另有隐情，本府要亲自审问李有义。"说到这里，他告诉衙役朱文把店家李有义提到当堂。

不一会，朱文把人带到堂下，刘罗锅朝下看那李有义：五十多岁的样子,眼中带有泪痕。一见他这个样子,罗锅断定,此案一定有冤情。他问:"李有义,做买卖就应该安分守己,杀人要偿命,你为何要杀人?在本府面前讲明!"李有义一边磕头,一边说:"青天大老爷,小人我是被冤枉的,我并没有杀人。那一晚,他们二人来住店,二十一二岁左右。小人盘问来历,他们说是夫妻。小人马上为他们安排住下。不一会,他们就把灯吹灭了。小人还记得他们隔壁住的是一位山西布商,有几辆布车停在店中。第二天早上,小人去喊他们早起,让他们早点赶路。走到门前,看到房门没有锁,里面没有声音。小人推开门往里面观看,当时就把小人吓出了一身冷汗!那个女子不知去向,光剩下男子躺在炕上,已经断气了。小人赶紧把这件事情报给县官大人。上元县的老爷验尸后,把小人抓到堂前,屈打成招。小人所言句句属实,今日幸亏有青天大老爷过问此事,望青天大老爷还小人一个清白!"说完,在地上连连磕头。

　　欲知后事如何,请听下回分解。

第二回

为破案私访白翠莲

刘罗锅听完李有义的话,对他说:"李有义,你暂且下去,待本府把事情查个水落石出,把恶人拿住,你的冤情就能昭雪了。"李有义千恩万谢地下去了。刘罗锅心中暗暗琢磨:李有义虽然是被冤枉的,但要找到真正的杀人凶手才能给他洗刷罪名,可本官现在一点线索也没有。我不如也学学古人,微服私访,从百姓闲谈中寻找蛛丝马迹,这样案子就有眉目了。想到这里,他主意已定。刘罗锅处理完其他公事后,命令张禄给他找一身道袍。他乔装打扮,从后门出来,信步走在大街上。远远的就看见前边有一个茶馆,他走了过去,找了个偏僻的位置坐了下去,要了一杯茶,静静地听着百姓的闲谈。

茶馆里的一些人正七言八语地谈论李有义的事情。一个说:"上元县北关出了件怪事,开店的老板杀了人,这种事情可真少见。"另一个说:"那两个人是夫妻,男的死了,女的跑了,这事真让人捉摸不透。"一个穿蓝褂子的人说:"这件事情我最清楚:死的那个男的叫王六,家就住上元的东关。这小子从来就没干过好事,成天地偷鸡摸狗,他爹妈被他给活活气死了。王六也没有娶过老婆。后来,又听说王六去了北京找他舅舅季三。他舅舅在前门外头做买卖,大发横财。他有个外号叫前三门,听说是那里的一霸!"

这人话音刚落,一个年轻人又接上了话:"这位老兄,要提起这件事情来,你只知其一,不晓其二。王六在他舅舅季三那做了两个月的买卖,季三给了他几个钱,他就在咱们这买了几亩土地,把地租给了富全种,他年年九月过来收租子。富全的老婆名叫白翠莲,长得眉清目秀,十分动人,王六看她总是色眯眯的。我看王六那小子和白翠莲的关系有点说不清!"茶客们发出一阵笑声。一位上了年纪的人说:"我劝你们都不要乱说。李有义虽然被暂时收监,但这案子还没有了结。方才你们说的话,要是让衙门里的人听见,非把你们都带上堂问话,到时候,保管让你们吃不了兜着走!"茶客们一听,都不再言语了,那几个说话的人纷纷起身结账,离开了茶馆。

刘罗锅在旁边喝着茶,听完他们的闲谈后,心中立刻敞亮,决定去私访白翠莲,打听情况。不一会,刘罗锅按照别人的指引,来到了白翠莲的家门前,把手中卦板打得噼啪直响,嘴里面不断地吆喝:"能知前世今生,为人消灾祈福,卦卦灵验。"白翠莲正和她表妹青儿闲聊,听见刘罗锅的吆喝声,对青儿说:"自从你姐夫走了以后,我心里就七上八下,眼皮总是跳,成天晚上尽做噩梦,总感觉他要出什么事情。正好外边来了一个算命先生,你让他进来算一算,也好让我心里有个数。"青儿答应一声,来到大门前,对着刘大人高声喊:"先生,你过来一下,我姐姐要算命!"刘罗锅听见有人喊他,顺着声音的方向望去。

刘罗锅笑着说:"这位大姐,是叫我吗?"青儿说:"是。先生,请随我来。"到了院子里,刚刚站住,就听见白翠莲说:"青儿,快去拿椅子,请先生坐下。"青儿答应一声,白翠莲又对刘罗锅说:"先生,请帮我算一下,算一个属牛的男子,今年二十七岁,五月十五日酉时生人。"刘罗锅假装拿指头掐算了一下:"属牛的,二十七岁,是丁丑年癸卯月己亥日乙酉时。大事不好!今年他命犯白虎星,眼下有性命之忧。但不知他现在哪里,是娘子的什么人?"白翠莲一听这话,顿时花容失色,叫道:"先生,您再仔细算算,看还有没有解救的办法?"

刘罗锅问:"这位娘子,不知你要算的这个人和你是什么关系?说得明白些卦会更灵的。"白翠莲说:"先生,这个人是我丈夫富全。前段时间,他和我表哥钟自鸣商量去句容县做买卖,走了以后就没有一点音信。这几天,我心神总是恍惚不定,所以请道爷帮我算算。"刘罗锅听完她的话,又装模作样地想了一会,说:"从卦上看,他们应该是有惊无险,不会有事的。如果娘子还不放心,不妨打发人到你表兄家问问。"

白翠莲听完后,长叹一口气,说:"我这个表兄,他吃喝嫖赌,无所不为,几年间就把家产挥霍一空,连房子都没有,哪还有什么家?"刘罗锅问:"娘子,那你丈夫平时在家靠什么为生?"白翠莲说:"种地为生。"刘罗锅接着问:"地是你们自家的,还是租别人的呢?"白翠莲说:"是我们租的。"刘罗锅又问:"地主是谁,你们家种了多少地?""种了七十多亩。"罗锅抓紧问:"地主叫什么名字?"白翠莲说:"姓……"刚说这个字,马上想到了什么,生生地把话咽住,不肯往下讲。她用别的话岔了过去:"交租子都是我丈夫的事情,我不知道。"

刘罗锅一听白翠莲的话里有话,刚要变着方法套她的话,忽然,白翠莲话语一转:"青儿,拿一百钱给道爷作为卦资。"刘罗锅有心不收那一百钱,又恐怕被她们识破,反倒麻烦。他一想也没太好的办法,只好把钱接过来放在腰中。白翠莲又说:"青儿,把道爷送出去吧。"刘罗锅故意地没话找话:"不好!咦,我瞧你们家这院子里凶得厉害。难道这里有鬼吗?"青儿说:"呸!好丧气。你们家才有鬼呢!这是怎么说话呢!叫人家怪害怕的,你还不快走,难道要我把你推出去不成?"说罢,将刘罗锅送出了大门,转身将门关上,刘罗锅出门后,看了看富全家周围,然后就回了府衙。

欲知后事如何,请听下回分解。

第二回

 陈大勇夜半探真相

刘罗锅回到衙门后,告诉张禄:"你快去找陈大勇,本府有要紧事情让他去办。"书中暗表,刘罗锅在没上任之前就听说府衙有一位好汉,姓陈,名大勇,三十五六岁,相貌魁伟。他是武举出身,做过一任运粮千总,在一次运粮的过程中把粮食弄丢了,上司奏了一本,把他的千总给革了。他一气之下跑到江宁府,当了一名捕快。他为人正直、仗义,帮助刘罗锅破了许多大案,是本书的一个关键人物。

不一会,张禄回禀:"大人,陈大勇现在外边等候。""叫他进来。"陈大勇走了进来,打了个千,对刘罗锅说:"小人陈大勇,听候大人吩咐。"刘罗锅说:"陈大勇,本府眼下有一件事情需要你去办。上元县的县令不辨真相,让店家李有义当了替罪羊,倒叫真正的凶手漏网。本府要你重新查访此事,晚上去夜探白翠莲,你要见机行事,探听白翠莲的口风。这样本府才好救店家李有义的性命,这件事不许让外人知道。如果你能办成此事,本府自当对你另眼相看。"

陈大勇领了刘罗锅的命令后,不敢怠慢,立刻去着手夜探白翠莲。转眼到了二更天,他来到了白翠莲的家门前。陈大勇上前轻轻推了推门,门在里面栓上了。陈大勇绕到后边,找了个僻静处,将身一纵,嗖的一声就上了墙头。陈大勇在墙头上往下面看,忽然一间屋子里传来了女子的声音。他一听大喜,轻轻地跳下墙头,顺着声音就来到了窗下。用舌尖将窗户纸舔破,观看屋里的情形。

陈大勇定眼一瞧,白翠莲正给菩萨上香,嘴里还不停地念叨:"求菩萨保佑我丈夫平平安安,不出意外,夫妻早日团圆,再者,弟子罪孽在身,自然瞒不过神灵,可是,我不是那种放荡的女子,为什么会遇到这种事?菩萨您本应该保佑好人,现在怎么反叫恶人得逞,好人受害,如果这样,谁还肯早晚烧香礼佛?"陈大勇听了半天,也没明白她说的意思。他想了想,一转眼珠就来了主意,随手拿起一片瓦往地上一扔,只听"吧"的一声响。

白翠莲隐隐约约地听见院子内有响声,她正言厉色向窗外喊:"外面的歹人,你听着!你一定是打听到我丈夫不在家中,半夜三更闯进来,要行苟且之事。淫贼,你打错主意了。我不是你想象的那种人,你趁早就死了这条心吧!"院子里的声音没有见小,反而更大了。白翠莲说:"是了,想必是小偷来偷东西。梁上的君子,我劝你赶紧去别人家罢,别耽误你的功夫。我家里是吃了上顿没下顿,哪有什么余钱给你?"陈大勇一听,把声音弄得更大了。白翠莲心中一惊,脱口而出:"啊!原来是你这死鬼,你说你死得不明不白,要向我索命。你不用这么着急,等我丈夫回来后,我和他见上一面,把事情交代一下,我就同你一同去阎罗殿,让阎王来断定是非。"

白翠莲越说越来气："奸贼，你把我坑惨了，让我成天不得心安。我恨不得吃尽你身上的肉，把你千刀万剐！你不得好死，死后要下十八层地狱，把你放在油锅里炸！"陈大勇在房上听得清清楚楚，嘴里面"呜呜"地学鬼叫。青儿吓得浑身直哆嗦，结结巴巴对她姐姐说："白天那个老道说这个院子有鬼，果然不假。明日等他再来的时候，我们请他驱鬼。"陈大勇等到屋里没动静了，轻轻地跳下墙，回家去了。

第二天一早，陈大勇来到书房，回禀刘罗锅："小人奉大人之命，昨天夜访白翠莲家，照大人的吩咐依计而行……"他把探听到的情况，向大人详细讲了一遍。刘罗锅点点头，说："陈大勇，这件事情做得好，本府给你记功一次，等明天事情办完之后，再来领赏。"陈大勇说："这是大人对小人的信任，不用奖赏。"刘罗锅让他回家休息去了，然后对张禄说："方才陈大勇的话，你也都听见了。那女子还要本府去给她家捉鬼。我只好再去一趟，从她口中打听本案的真实情况，早日断案，还店家李有义一个清白。你帮我把衣服准备一下。"刘罗锅升堂后，处理完日常公事后，回到书房，又穿上了那身道袍，出了后门，来到白翠莲的家门口。他手中打着卦板，眼睛瞅着门口，口中吆喝："能知前世今生，为人消灾祈福。卦卦灵验。"

青儿正和白翠莲闲谈，听见刘罗锅的声音，她对白翠莲说："姐姐，昨天那个老道又来了，他的卦很灵验。我们再把他请进来，让他驱妖捉鬼，免得晚上怪吓人的。"白翠莲点点头。青儿来到了门外，对刘罗锅喊："先生，请过来！"

刘罗锅听见有人喊他,定眼一看,还是青儿,心中暗喜,高声答应:"来了,来了!"说话间就到了门口。青儿说:"先生,你的卦真的很灵验,我们还有点事要麻烦先生。请跟我来。"刘罗锅跟着她刚来到院内,青儿就说:"道爷,你昨天不是说我们院子有鬼吗?果然,昨天晚上闹了半夜,弄得我们非常害怕,一夜都没有睡好。你今天可要好好地给我们捉一捉,不要让他再进我们的院子,免得我们再担惊受怕。事成之后,我们定有重谢。"刘罗锅心中暗暗发笑,却装出一本正经的样子,说:"施主放心,贫道的法力高强,待贫道作法,自能镇住那妖魔鬼怪。"

　　欲知后事如何,请听下回分解。

第四回

刘罗锅为难二衙役

刘罗锅正与青儿说话，就见白翠莲从屋里走出来，对他说："道爷，你瞧我们这院子，是什么东西在作怪？"刘大人一听这个话，他故意东瞅瞅，西望望，装腔作势地想了许久，才开口说："这位娘子，依贫道看来，这是有冤鬼在作怪。"白翠莲吃了一惊，紧张地问："道爷，你看这是个男鬼还是女鬼？"刘罗锅说："是个男鬼。年纪还不大，二十多岁的样子，应该是向你来索命的。"白翠莲听到刘罗锅的话，脸色立刻变得惨白！她着急地对刘罗锅说："道爷，请你快施法，将冤魂赶走，我定有重礼相谢。"刘罗锅让他们准备香案、黄纸、笔等物品。

刘罗锅一心要套出死者的姓名，他装模作样地用剑在空中挥舞了几下，脚下按照八卦的方位走了一遍，然后对白翠莲说："这位娘子，你说出死者的姓名，贫道在纸上写上名字，然后好作法超度冤鬼脱生，这样你家就能安宁了。"说完后，眼睛直瞅着白翠莲，希望她早点说出死者的姓名。白翠莲听完刘罗锅的话，脸上立刻露出为难之色，她怕让别人知道死者的姓名会给自己找麻烦，可不说又无法把冤鬼给赶走。忽然间，她眉头一皱，计上心来。她对刘罗锅说："道爷，你在解冤咒的上边空着两个字,我认识字,要烧的时候我自己写姓名。"刘罗锅心中一惊,没想到这个女子竟然识字,他还想套白翠莲的话,可一时也找不到更好的借口,只能按照白翠莲的吩咐做了。刘罗锅草草地写了几个字之后,还是心有不甘,又对她们说:"我再写几道灵符,这符十分灵验,你们贴在门窗上,保证冤鬼不来捣乱,快告诉我死者的姓名。"白翠莲说:"这就不劳烦道爷了,请道爷快作法吧。"刘罗锅只好假装作了一场法事,完事后,白翠莲又说:"青儿,给道爷拿一百钱作为卦资。"青儿答应一声,从屋里拿了一百钱给了刘罗锅。大人无奈,只好又一次地把钱接过来,收拾好东西,青儿把刘罗锅送了出去。

刘罗锅出了富全的家门,回到了府衙。张禄一看大人回来了,赶紧伺候他更衣、吃饭。大人吃完饭后,喝着茶,坐在那里暗暗地想:白翠莲这个女子真聪明,我两次去她家都没有套出死者的姓名,无功而返,这样下去不是办法,要尽早破案为好,想个什么办法好呢?刘罗锅眼珠一转,马上就来了主意,他微微一笑,转身就回屋睡觉去了。

第二天清晨,刘罗锅升堂办案,师爷和衙役在两边站立,静候吩咐。刘罗锅随手拿出两支签,瞧了瞧,上面写着朱文、周成两个衙役的名字。刘罗锅说:"周成、朱文。""有。小人伺候大人。"刘罗锅说:"限你们五天之内,把钟自鸣拿到,本府要当堂开审。"说罢,把签往地下一扔。周成一听直迷惑,向上磕头问:"回大人,这钟自鸣在哪州、哪县、哪府、哪村居住?望大人告诉小人,小的好去拿人。"刘罗锅一心想无理取闹,故意动怒:"好一个大胆的奴才!有意地顶嘴,是不是要本府跟你去拿人?如果不去的话,本府立刻把你们两人的狗腿打折!"朱文一听这话,急忙说:"大人,小人我知道钟自鸣家的住处。"刘罗锅心中直笑,嘴上却说:"你们俩还不快去拿人,难道在这里等着挨板子吗?"两人没有办法,只有拿起签子,走出了公堂。

朱文、周成二人出了衙门,找了个小酒铺,要了两壶酒,开始喝闷酒。朱文眼望着周成说:"兄弟,你知道钟自鸣家离咱这有多远,他是做什么的?"周成说:"鬼才知道他住在哪呢!这个罗锅子真缺德,也不知道他哪来的邪火,找咱哥俩撒气,看来咱哥俩这顿板子是躲不过了。"朱文说:"既然这样,我倒有个主意,咱哥俩去北门外头听戏去,好好地散散心。到了五天头儿上,再另打主意。咱们哀求他,他也不能真要了咱俩的命,最多多挨几下板子罢了。"周成也没有更好的办法,也只能跟着他往北门走。

两个人说话间就来到了北门,找人一打听,才知道十字街观音堂那里正在唱戏。两个人加快脚步,不一会就来到十字街,他们远远地就瞧见戏台了,人很多,闹哄哄的。二人刚刚来到台前,找了个位置坐下,就听东边有人喊他俩:"朱文、周成!"朱文、周成听有人喊他们俩,顺着声音的方向望去,定眼一看是句容县的金六。朱文说:"是金六哥啊,好久不见了。"金六说:"你们来这里干什么啊?"周成说:"一来看戏,二来找个朋友。"金六说:"听说最近江宁府来了位皇上钦点的罗锅刘大人,这位大人怎么样?"周成说:"不要提他,脾气特别怪,不好对付。我们哥俩今天也不知道哪得罪他了,拿我们出气。让我们去找一个叫钟自鸣的家伙,可是什么都不告诉我们,明摆着想难为人。"金六说:"既然这样,咱们也别听戏了,这戏天天都一样,你们俩上我家里去。我家里有四个人正耍钱,王五是咱们的人。咱们过去看一看。要是赢了呢,那就拉倒;要是输了呢,二位瞧我的眼色儿行事。我递个眼色,你们就动手,抓了色子,就说他们抽老千,敲诈他们。咱们不管怎么样,也不能让他们把钱拿走就是了。"

朱文、周成一听金六的话,满心欢喜地说:"金六哥,咱们这是死赢。既然如此,咱们快走吧。"说罢,三人站起身来,穿街过巷,不一会的工夫就到了金六的家。

欲知后事如何,请听下回分解。

第五回

钟老赌场自投罗网

金六、朱文、周成来到屋中,就听掷色子那个年轻人说话:"金六爷,你还有钱不?先借给我两吊。我一会就还你。"金六一听这个话,过去瞧了瞧,他们的人赢咧,不由得满心欢喜。虽然这小子二十吊钱输净了,但金六知道他还有钱,故意对自己人王五说:"王五哥,把你的钱先借给钟老点,一会他有钱就还给你了。"王五假装露出为难之色,说:"这样不好吧,这很秽气,赌场没有这个规矩。"金六说:"一点也不能通融吗?"钟老说:"金六哥,不必为难,你打发人到西关王虎臣的店里,就说我钟老要十吊钱。"金六在一旁插话说:"二位不认识吗?这位是王五哥,这位是江宁府的钟老钟大爷。"王五装出惊讶的样子,说:"钟大爷,久仰大名,恕我眼拙,失敬,失敬。"钟老说:"岂敢,岂敢。"金六然后扭头对周成说:"周兄,麻烦你跑一趟,就说钟大爷在我家耍钱,现在要十吊钱来应应急。"周成和朱文一递眼色,二人一同出了金六的家。

周成边走边对朱文说:"兄弟,我看刚才那个人,不像什么好人。再者他也姓钟,我们不如去王虎臣的店里打探一下,看是不是我们要抓的人?"朱文点点头,二人加快脚步来到西关,很快就找到了店主王虎臣。周成问:"掌柜的,你店里是不是住着一个姓钟的客人?他现在在金六的家里赌钱,特意让我们来取十吊钱。"店家一听这话,立刻接了下去:"我就知道这小子是个败家子,这点钱早晚要让他花干净。"周成一听话里有话,马上问店家:"王大哥,你和他是亲戚还是朋友啊?"王虎臣说:"我们没什么关系。听别人说,这小子姓钟名老,字自鸣。前几日他和一个三十左右的男子一起住了进来,前天他们俩说是去北庄走亲戚。到晚上,就这小子一个人回来了。他说那个人的亲戚家有点事情,过几天就回来。可自打那以后,那个人就再也没出现过。"

　　两人一听,大喜过望,朱文找了个借口,让掌柜的拿了钱,走了出来。周成说:"朱文兄弟,这可真是天无绝人之路!这小子既然叫钟自鸣,咱们就把他拿下,管他是不是咱们要抓的人,先回去向罗锅子交差。这顿板子可算是躲过去了。"朱文说:"兄弟,我也正有此意,管他是不是,先交差再说。"二人商量好后,加快脚步,就来到了金六的家。周成进屋后,走到金六的跟前,用手一捅他后面,然后迈步就往屋外走,金六一回头,马上就明白过来,跟着周成走了出来。周成在屋外低声说:"金六哥,你知道不,要钱的那个钟老有人命官司,就是我们哥俩要抓的人。"他把奉刘大人之命拿钟自鸣的话说了一遍,然后把捕票掏出来让金六瞧了瞧。金六看完之后说:"原来是这样,我看这小子也不是什么好人。大家都在衙门里当差,我就帮二位兄弟一把。一会我先进去,找个借口把他们先分开。你们二位一个把门堵住,一个进去动手,我在旁边帮着你们。"周成说："多谢金六哥。"三人商量好后,准备进屋捉拿钟自鸣。

金六进屋后抓起骰子,说："各位,我看这么着,大家伙今天都累了,先歇歇,等喝完酒再玩。"输家着急地说："金六哥,正玩着高兴呢,这会喝什么酒呢!"朱文、周成闯进来,拿出绳子,不由分说就把钟自鸣给捆上了。钟自鸣一见,急忙高声喊："怎么回事?我并没有犯法啊!你们凭什么就随便抓人?难道你们想黑吃黑吗?"一听钟自鸣这话,两人气不打一处来,怒气冲冲地对他说："钟自鸣,你听着!为人不做亏心事,半夜敲门心不惊。你自己做过什么事情,难道你自己还不知道?我们是奉刘大人命令前来拿你。我们不管你有罪无罪,等你见到大人自会一清二楚。"

周成说完,钟自鸣默不作声,低头半晌才说："两位官爷,有话好好说。天底下同名同姓的人不少,两位怕是弄错了吧?我从来没有做过犯科之事,二位如果缺茶钱,和兄弟我说。金六哥,我桌上还有点零钱,麻烦你给两位官爷,让他们两位找个地方歇歇脚,喝杯茶,润润嗓子。"有道是钱能通神,这话一点都不假。朱文、周成一听这话,脸色缓和了下来,朱文说："钟自鸣,依我们哥俩看,这件事你也不必太放在心上。虽然捕票上写着你的名字,不过我们也没有什么证据。等你见了我们刘大人,他不管问什么你都不承认,那他就拿你没有什么办法,最后还得把你放了。我们哥俩在衙门里当差,身不由己,拿你也是没有办法的事。等兄弟你出来后,咱们找个地方好好喝顿酒,交个朋友,以后有什么事情尽管和我俩说,只要能帮上的我们兄弟一定帮你,不过现在还是要委屈你跟我们哥俩走一趟吧,我们好回去向大人交差。"

朱文转过身来,笑着对金六说:"金六哥,这次多亏你帮忙,让我们哥俩可以交差了。哪天咱们找个时间,我们兄弟俩还要好好地感谢你呢。这不,天色也不早了,我们还要回去给刘大人复命,暂且失陪。"金六说:"周大兄弟、朱大兄弟,不用这么客气,一家人不说两家话,以后咱们哥们多多照应就是了。"俩人闻听,说:"那还用说吗?"说完,二人带着钟自鸣往外就走。

朱文、周成带着钟自鸣回到城里,已经是半晚了,他们休息了一夜。第二天一早,他们穿街过巷,不多时就回到了衙门口。朱文对周成说:"兄弟,我进去回禀大人一声。"说完,他来到堂前,跪在堂下,对刘罗锅说:"大人,小人奉命已经把钟自鸣拿到,现正在衙门外,听候大人吩咐。"

欲知后事如何,请听下回分解。

第六回

白翠莲堂上递冤状

刘罗锅一听,心中也暗自一惊,开口问道:"你们从何处将此人拿来?"朱文就把他们准备听戏、来到赌场遇到钟自鸣的事情说了一遍。刘罗锅听完点点头,心想这可真是歪打正着,冥冥之中自有天意。他高兴地对朱、周二人说:"你二人做得好,本府暂且为你们记上一功,等案件破了之后,定有奖赏。朱文,把钟自鸣带进来,本府有话要问他!"二人谢恩,转身出去把钟自鸣带到堂前,跪在下面。

刘罗锅在座上问:"堂下所跪何人?家住哪里,靠什么为生?在本府面前从实讲来!"钟自鸣向上磕头:"大人,小人我姓钟,名老,字自鸣,家就在江宁府。小人没做过什么买卖。父母前些年都已过世,小人我就只有一个妹妹叫青儿,现在在她表姐白翠莲家。小人我一向奉公守法,不知小人犯了什么罪,大人差人把我拿来?望大人明断,还小人一个清白。"钟自鸣说完不住磕头,一双贼溜溜的眼睛还不忘四处乱瞅。刘罗锅当听到青儿这个名字的时候,立刻想到了白翠莲的表妹青儿,心里马上敞亮了许多,他对钟自鸣说:"大胆狂徒!少用花言巧语来蒙蔽本官,本官看你是不见棺材不落泪,不到黄河心不死,本官一定让你心服口服。来人啊,先把钟自鸣带下去,听候发落。"

刘罗锅吩咐:"暂且退堂。王明,你快去传白翠莲到堂前问话。"王明答应一声,马上出府衙去传人。不一会,就按照刘罗锅的指点,来到了白翠莲的门前,用手啪啪地拍门。白翠莲在里面听到拍门的声音,高兴地对青儿说:"有人叫门,你快去瞧瞧,只怕是你姐夫他们回来了。"青儿跑过去开门,把王明领了进来。

王明来到了院子,问:"谁是白翠莲?""我就是。"王明看了看白翠莲,然后说:"白翠莲,现在有一桩人命官司的案子,我们刘大人传你,你跟我走一趟吧。"说着从怀中掏出传票,递给白翠莲。白翠莲接过一看,传票上写着:"速传白翠莲到衙门,本府有话要问。"白翠莲看完又递了过去,说:"官爷,稍等一下,待我写一张鸣冤的状子,好一同进府向大人鸣冤。"王明说:"这位娘子,既然如此,抓紧写罢。"白翠莲提笔,唰唰唰,顷刻之间就写完了状子,放在袖内。她回头说:"青儿,你要看好家,我进府向大人鸣冤。"青儿答应,王明带着白翠莲就来到了公堂之上。

刘罗锅一听把白翠莲传来的消息,立刻升堂。他刚刚坐下,就看见王明跪在下面说:"大人在上,小人王明奉大人之命,把白翠莲传到,请大人吩咐。"刘罗锅在上面一摆手,王明站起一旁伺候。刘罗锅说:"白翠莲,你的事情我已经略知一二,你有什么话尽管对本官说,本官会为你做主的。"白氏抬头一看,认出了堂上这位大人就是那位给他算命的先生。白翠莲马上向上磕头,嘴里说:"民妇无知,那天不知是大人,望大人恕罪。"说完掏出状子,举过头顶说:"大人在上,民妇有冤要申。有件事情压得我喘不过气来,这些天一直心神不宁,寝食难安。个中详情都已写在状上,大人一看就明白了,请大人过目。"书吏下去,接过白翠莲的状子,递了上来。刘罗锅定睛一看,只见状纸上写着:"犯妇富白氏,翠莲是我的名。我的丈夫叫富全,二十七岁。公婆都早已过世,我们家租种地主王六的土地,他每年九月来我们家收租。谁知道,淫贼王六心术不正,他见我有些姿色,就动了邪念,一心要把我弄到手。有一天,他和我丈夫,还有我表兄钟自鸣三人一起喝酒。喝酒间,王六鼓动他们两人去做买卖,还主动地拿出五百两银子作为本钱,赚了钱他们三个人都有份。我丈夫一听,当时就高高兴兴地答应了。第二天,俩人早早地起来去做买卖了,只剩下王六一个人在我家待着。这淫贼趁我不注意,暗中在我的茶中下蒙汗药迷晕了我,他趁机就把我的清白给玷污了。我本来要一死以示清白,后一想不能就这样不明不白地死去。我千思万想,最后决定要亲手杀了王六,为自己报仇。他得到便宜之后还不甘心,还一心想要长期霸占我,提出要带着我去北京。我假装答应他的要求,临走前我偷偷预备了一把尖刀放在包袱里面。我们两个人出了城,来到了上元县的北关,找了家店就住下了。他对店主说我们是夫妇,让他不要打扰我们。半夜里,王六又想对我动手动脚,继续占我的便宜。我当时就起了杀心,但是又怕一刀不能要了他的命,自己反而会有杀身之祸,所以假装答应,让他先躺下,他也没有什么防备,躺在床上一个劲儿地催促我,我找准机会,对着他胸口就是一刀,王六都没有出声,就一命归西了。我的冤仇终于报了,就算是把我千刀万剐也愿意,这就是犯妇的供词。如有半句假话,愿遭天打五雷轰!望大人明察!"

刘大人看罢白翠莲的供状,心中的疑惑马上就解开了,并且对她生出了怜悯之心,语气温和地问白翠莲:"我问你,既然如此,你在半夜之中将王六杀死,店门哪有不关之理?你又如何出店的?"白翠莲向上磕头说:"大人在上,容犯妇回禀。那一天有一名布商赶了几辆布车,也停在店中。他告诉店家五更天的时候要起早,店家第二天一早开门的时候,犯妇我找个机会就混了出去,这就是事情的经过。"刘罗锅听完后,让她暂且跪在一旁,吩咐衙役把钟自鸣带上来,准备了结此案。

欲知后事如何,请听下回分解。

公堂上白翠莲向刘罗锅递状子

第七回
钟自鸣公堂上伏法

钟自鸣来到堂上，跪在下面。刘罗锅用手一指钟自鸣说："白翠莲，你看堂下所跪之人，你认不认识，快从实讲来！"白翠莲一看，正是她表兄钟自鸣。她思夫心切，也顾不上先回刘罗锅的话，着急地问钟自鸣："表哥，你同我丈夫一起去做买卖，怎么现在就你一个人回来了？你妹夫怎么没回来呢？你到底犯了什么事情，怎么也让大人传到了公堂？"钟自鸣一看是白翠莲，先是吃了一惊，不过很快就平复了下来，他眼睛滴溜溜一转，谎话马上就出了口，他对白翠莲说："表妹呀，我那妹夫几天前就和我说要回家，算日子现在应该到家了，你没见到他啊，怎么现在反倒向我要起人来了？"

二人在下面说话，刘罗锅在上面听得明明白白，就知此中必有缘故。白翠莲的丈夫不知去向，十有八九是被钟自鸣图财害命。白翠莲所遭遇的事情，估计也是他和王六两个人合谋的。刘罗锅想到这里，一声断喝："白翠莲，你到底认不认识这个人？"白翠莲一惊，向上磕头道："大人，这就是同我丈夫一起经商的人，他是我表兄钟自鸣。"大人微微冷笑一声，又说："钟自鸣，你和富全商量好去做买卖，为何没有一同回来?"钟自鸣说:"回大人,我妹夫说他家里有急事,要先走一步。小人我在途中遇见了几个朋友,他们留小人住了几天,因此我回来迟了。"钟自鸣说完,抬头观察刘罗锅的脸色。刘罗锅一看这个情景,大喝一声:"好个奸徒,看来不动刑你是不肯招供了。来人啊,刑具伺候!"下面衙役齐声答应,不多时把夹棍拿来,往堂下一扔,响声震耳。

钟自鸣哪里见过这个阵势,吓得胆战心惊,浑身哆嗦。他心想:这个罗锅子真是难缠,自己如果不招,那就是老鼠啃菜刀——死路一条;再者,我谋财害命又是真,有心不认,皮肉还要受罪,最后还得是要招的。罢了,我命该如此,不如早死早托生,下辈子重新做人吧。想到这里,钟自鸣把心一横,说:"大人,不用动刑,小人我招了就是。"刘罗锅微微冷笑一声,对钟自鸣说:"你和王六设下了什么阴谋诡计,快快从实招来,免得受皮肉之苦,如有不实,定叫你的狗命难逃!"

钟自鸣下面把头叩:"大人在上,容小人我一一回禀。小人我叫钟自鸣,家就住在江宁府。王六他家也住在江宁府。他早早地就把家产花尽了,后来上北京投奔他舅舅。他在那里靠坑蒙拐骗赚了不少钱,在那里买了间房子。王六然后回家置了几亩地,把地租给富全种,每年九月来他家收租。他看我表妹白翠莲有些姿色,他就千方百计地想要把她弄到手。为此他找我商议,答应事成后给我一百两银子作为报酬。小人我一时贪心就答应了。王六定下计策说,在我们三人喝酒的时候,他提出合伙做买卖,并且拿出五百两银子作为本钱,让我们俩人给他当伙计,赚钱后大家分。他还先给我拿了二十两银子，让我在半道上结果了富全的性命，事成之后再把剩下的给我。富全根本就没有提防，上了我俩的当。当天晚上，我带他来到了上元县西关客店中住下。第二天，我诓他出店闲逛，到了荒郊野外后，我在后面趁他不防备，用一条绳子套在他脖子上，把他给勒死了。然后就地挖了一个坑，把他给埋了。我本以为此事做得神不知鬼不觉，谁承想让大人给知道了。小人我说的句句属实，如有半句假话，愿遭天打五雷轰，让我死后进入十八层地狱，永远不得托生，望大人开恩，饶小人性命！"说完，就一个劲地在地上"砰砰"地磕头。

白翠莲在旁边听得是五脏冒火，七窍生烟，怒不可遏，指着钟自鸣的鼻子骂："你这个无耻的小人！你这个人面兽心的家伙！枉我这么相信你，你与衣冠禽兽有什么区别……"刘罗锅打断白翠莲的话："白翠莲，公堂之上不得喧哗，一切有本官为你做主。""求大人为小女子做主。"白翠莲哭哭啼啼地说。刘罗锅点点头，一拍惊堂木："堂下听判！钟自鸣，你为区区一百两银子就图财害命，实在可恨。地主王六这小子，死有余辜。杀得好，也该杀。只是富全无故丧命，令人可惜。钟自鸣图财害命，助恶行奸，罪加一等，定为剐罪。"刘罗锅又对白翠莲说："白翠莲，你虽然是持刀杀人，本应偿命，但念你事出有因，其情可宽。你暂且回家，等候领尸，埋葬你丈夫富全的尸首。从今以后，你要好生紧守闺门。"白氏叩头谢恩，下堂回家去了。

刘罗锅吩咐："带上元知县上堂问话。"衙役答应，不多时,把上元县刘祥带到。刘罗锅说:"上元县,你知罪吗?"刘祥说:"卑职无能,在大人面前领罪。"刘罗锅嘴角撇了撇说:"上元县,为官一任,就要造福一方。人命官司岂是小事,你为了破案,竟把店家李有义屈打成招!若不是本府重新审理此案,李有义就要被你活活地冤枉死!这是头一次,罚你三年的俸禄,如若再犯到我的手里,我保管叫你的脑袋搬家。上元县,听清楚没有?"刘祥听完,一个劲地在地上磕头。刘罗锅又吩咐衙役把店家李有义带到堂下回话。李有义来到堂下,不停地磕着响头。刘罗锅说:"李有义,本案与你无关,都是上元县无能才使你受冤屈。现在本府判你无罪,快快回家去吧。"

刘罗锅重审李有义一案很快就轰动了整个江宁府,百姓们纷纷夸赞他断案如神,为百姓做主,都称他为刘青天。

欲知后事如何,请听下回分解。

第八回

徐五仗势横行霸道

第二天清晨,刘罗锅照例升堂办公。他刚刚坐下,正准备去处理日常的公事。忽然看见从外面慌慌张张地跑进一人,来至堂前跪下,双手举着状子说:"大人在上,小民有冤,求青天大老爷为小民做主。"刘罗锅吩咐书吏把状词递上来。刘罗锅接过状子一看,只见上面写着:"小人周国栋,家住江宁府周家村,膝下有一个女儿,名叫周月英。今年十六岁,已经许配给王家镇的王自立的儿子王洪,但尚未出嫁。四月初一,王洪来接小女周月英去逛庙会。路过十里堡的时候,恶霸徐五瞧见小女后,就强行抢去我的女儿周月英。小人向他要人,他说没有,小人又没有别的办法把女儿救出来。听百姓说,大人断案如神,能为民做主,所以小人特意向大人递状子,望青天大老爷给小民做主,捉住恶霸徐五,救出我的女儿。老爷的大恩大德,我们家永世不忘。"

刘罗锅看完状子,重重地拍着桌子说:"朗朗乾坤,光天化日之下,竟有这样无法无天的恶棍!本府要不把他早些缉拿,不知还要有多少人要遭殃。周国栋,你不必担心,这件事情本府替你做主。你先回家等候消息,等本府把徐五拿来,你们两个人当面锣、对面鼓地在堂上说清楚,如果情况属实,本府一定还你一个公道。"周国栋连连磕头,千恩万谢地走了。他前脚刚刚走,后脚就又进来了老少三人:一个个都是满脸泪眼,愁眉不展。三人来至堂下,一齐跪倒,举着状词说:"大人在上,小民等有天大的冤枉,望青天大老爷给小民做主。"书吏接过状子,放在了刘罗锅的桌上。

刘罗锅看完状子,先压下自己满腔的怒火,对他们三人说:"你们的状子我看过了,告的都是徐五。你们一五一十地把恶棍的行为告诉我。"三人见问连连磕头。一个说:"小人叫刘五,家住在黄池镇,十里堡恶霸徐五瞧见我的房屋好,就弄了一张假借条,说小人借过他的五百两银子,强行把我的房子给抢了过去,小人和他讲理,反而被他的手下给打了一顿……"他的话还没有说完,另一个人急不可待地说:"小人叫徐更,徐五他看见小人的田好,就强行霸占小人的田,小人和他理论,也被他给打了出来。"最后一个人说:"小人家没有按时交租,他就让人把我爹给活活地打死了,我爹的尸首还让他的狗给吃了,至今不能下葬。求大人给小人申冤啊!"听完三人的话,刘罗锅的眼中好像都要喷出火来。"此等恶霸不除,我刘墉誓不为人!"他重重地拍着桌子。他平息了一下心中的怒火,然后对三人说:"你们也暂且回家,待本官抓到徐五,审理清楚,本府会给你们一个公道的。"三个人在堂下连连磕头,然后站起身来,转身出去了。

刘罗锅退堂后,命人把书吏和英叫了进来。刘罗锅站在书架前问:"和英,今天堂上之事你也都看到了,你知不知道徐五这个人？"和英回禀："大人，要提起这个人来，无人不知，无人不晓，他叫徐五，有个外号叫'万人愁'。他的父亲是徐昆，做过一任云贵巡抚，膝下就只有徐五一个男孩，所以从小就对他百般疼爱，几年前他父亲就过世了。三年前，徐五花钱捐了个监生，他凭此更加有恃无恐。他还有个盟弟叫'渗金头'江二，手下还养了一大批家奴，其中有几个厉害角色，一个叫'鬼头太岁'于文立，一个叫'白花蛇'郑六，还有'黄蜂尾'张三、'鬼吹灯'孙八，还有管家于文亮，又称"于秃子"，外号'金头蜈蚣'。这些人和官府的人都有往来，仗势横行霸道，没人敢惹，前任知府王大人，就是为此把官给丢了。"

刘罗锅听到这话，心中不由得一动。他想了一下，然后对和英说："竟有这般胆大妄为之人。我刘墉今日既然接了状，拼着这个四品的知府我不要，也要把'万人愁'捉拿归案，上要报效朝廷，下要为民除害。"然后吩咐和英："你下去后，去把陈大勇给本府找来，本府有事要他去办。"不多时陈大勇进来，见过刘罗锅后，站在一旁，静候吩咐。刘罗锅说："陈大勇，本府瞧你是一条好汉；再者，你又是武举出身，还做过一任送粮千总，本府素闻你耿直、重信用、讲义气。你觉得本府待你如何？"陈大勇一听，马上把话接了过来："大人对小人恩重如山，小人没齿难忘。但有用得到小人之处，小人赴汤蹈火，万死不辞。请大人吩咐！"

刘罗锅说："大勇，本府如今要微服私访十里堡的恶棍徐五，不知你能不能保我平安？此案如果能破，本府保你个前程。"陈大勇一听，接过了话："谢大人。别说一个徐五，就是再多两三个也没什么。不是小人说大话,小人保证大人毫发无伤地回来。"刘罗锅说:"好。你既然保我去私访恶人徐五,我们改扮一下为好。本府扮个算命先生,你就扮个乡民,在后面远远地跟着我,不要让人看出什么破绽。你先下去准备一下,咱们马上就走。"

简短节说,两人出了府门,刘罗锅在前面走,陈大勇在后面远远地跟着。二人穿街过巷,直奔十里堡而来。刘罗锅边走边想:"此去吉凶难定,倘若恶霸徐五识破了我的身份,那就麻烦了,本官会有性命之忧。不过现在也不能考虑这么多了,前面就是龙潭虎穴,本府也要闯一闯。把案情查访清楚,好上报答朝廷之恩,下为百姓申冤做主。"刘罗锅在思索间,就来到了十里堡。进了村,一看路东边有个茶馆。他走了进去,拣了个座儿坐下。要了一壶茶,侧耳听众人说闲话。陈大勇远远地瞧见大人进了十里堡路东的茶馆,他就在路西找个地方,一边抽烟一边看刘罗锅那边的动静。

欲知后事如何,请听下回分解。

第九回

刘墉入徐宅探贼情

茶馆本是三教九流之地,所谈的也都是天南海北的奇闻逸事,不过大多是被人们添油加醋,肆意渲染一番,把简单的事情弄得神秘莫测。刘罗锅听了一会,正准备离开的时候,忽听见东边那个桌上有两个人正在说笑,只听东边坐着那个人问西边那个人:"老三,你知道这几天发生的事不?"西边那个人问:"有什么特别的事吗?"那个人说:"当然有了。'万人愁'徐五他昨天在光天化日之下带着一帮人,凶神恶煞般地抢了个骑驴的女子,吓得跟着她一起来的那个小伙子直往回跑。你说,这是不是无法无天?"西边那个人说:"你只知其一,不知其二。徐五的父亲叫徐昆,做过一任云贵巡抚,府县之中很有威望,上上下下都有关系。连咱们总督大人都要给他个面子。徐五仗着这个横行霸道,无恶不作。他还有一身的好本事,手使双拐,手上有千斤的力量,三五个人根本就近不了他的身。他还有个拜把子的兄弟叫江二,外号叫作'渗金头',这小子手使双刀,也是个厉害角色。你想,谁敢惹他们?你忘记了,咱们这前任知府王大人收了告他的状子,派了几个衙役拿他,结果怎么样?去的人叫他给打了个半死才肯罢手。后来徐五暗地里又做了手脚,朝廷一纸诏书下来就把王大人的官给罢了,让他回家去抱孩子去了。听说乾隆爷钦点的刘大人已经上任不少日子了,不也没什么动静吗?我看他也是怕惹了徐五,给他使个绊子,那他也得回家哄孩子去了!"说完,他手上还做出个哄孩子睡觉的动作。人群中发出了一阵哄笑声。

刘罗锅在一旁听到百姓们七嘴八舌的议论自己,直把他肚子气得一鼓一鼓的,心中暗暗发狠:"当官不为民做主,不如回家卖红薯。本官拼着头上的乌纱帽不要,也一定要把徐五捉拿归案,不能再让他张狂了,我要为地方除去一害,保一方平安,否则上对不起万岁爷的厚爱,下对不起百姓们的期待。"刘罗锅想到这里,站起身来,付了茶钱,迈步出了茶馆,陈大勇远远地在后面跟着。

刘罗锅把手中的竹板打了个连声响,迈步朝前走,口中不断地吆喝:"算灵卦呀,算灵卦呀!能知前世今生,为人消灾祈福。"他顺着别人指点的方向走,不一会就来到了徐五的家门前。只见门前两棵大槐树,两头石狮子矗立在门两边,十几个家奴站在门口。刘罗锅正想往里看,忽然从大门内里跑出个小小子,用手一指:"快来!我们家大爷要看你的卦灵不灵。"刘罗锅刚到大门前还未站住,只见"白花蛇"郑六站起身,对那个小小子喊说:"八十儿,你回去吧,我把这个算命的领进去。"郑六回头对刘罗锅说:"算命的,我有句话要先告诉你,一会进去,见了我们老爷,你可要小心说话,要是惹恼了我家老爷,保管让你吃不了兜着走。"刘罗锅应承一声,一边往里走,一边留神观看恶棍徐五的家。

刘罗锅跟着郑六来到正屋口,就听见"白花蛇"郑六说:"你先在门外等候,等我回禀了老爷再说。"刘罗锅抬头往屋里看,只见屋子正中坐着一个人,三十岁上下的年纪,长得五大三粗,脸上青筋蹦起,露出一股凶相。头上戴着一顶西瓜帽,身穿一件细面袄,腰中戴着一块怀表,脚下穿着青色的靴子。刘罗锅刚想向周围看,就听见郑六在里面说上了话。

只见郑六走到恶棍徐五的眼前回禀:"老爷在上,小人奉命把那个算命的叫来了。现在书房门外候着。"徐五闻听一摆手,连眼都没有抬,对郑六说:"叫他进来。"郑六答应一声,来到刘罗锅的跟前站住:"算命的,跟我进去。我们家大爷要让你给算算。"刘罗锅答应着,跟着郑六穿庭过院,不多时就来到了恶棍徐五的跟前。

刘罗锅一心为民,嫉恶如仇,根本就不想向这样的恶棍低头行礼。他朝着徐五一拱手,口中说:"贫道有礼了。"徐五连身子也没有欠一下,眯缝着眼睛说:"郑六,去拿个座来。"郑六把椅子拿来,刘罗锅也没客气,一屁股就坐下了。徐五望着刘罗锅说:"算命的,你今天给我算算,我属鼠,八月十五日戌时生。你可要仔细地给我算算,看看我眼下有什么坎没有?有什么化解之法?"刘罗锅一听徐五之言,故意把布包打开,拿出算命书看了看,又装模作样地掐了掐手指,然后开口对徐五说:"你今年二十九岁,丁亥年、癸丑月、己卯日、己亥时出生,命中犯天煞星,最近脾气不太好,眼下有点不顺当,等过了四月就会好的,不必担心。"

刘罗锅刚说到这里,就看见看门人跑了进来,到了徐五跟前说:"五爷,江二太爷前来拜望,现正在门外呢。"徐五马上睁开眼睛,笑着说:"快请江二爷进来。"看门的答应,不多时,"渗金头"江二走了进来。徐五迎了出来,脸上带着笑:"老二,你怎么来了?"说着就把江二迎进了屋里,二人分宾主坐下,家仆献上茶。江二喝了口茶,刚要说话,一抬头,瞧见刘罗锅坐在下面。江二把他上下仔细地打量了一番后,对徐五说:"五哥,这位是谁,从哪来的?"徐五说:"算命的先生。愚兄让他来给自己算算,不料兄弟你就来了。"江二说:"这样啊,五哥,你认得这个老先生吗?"徐五说:"老二,你这话从何说起,一个穷算命的,认识他有什么用?"江二说,"五哥,原来你真把他当成算命的了!让小弟我告诉你他的真实身份。"江二在徐五的耳边窃窃私语,徐五听完后,勃然大怒。

欲知后事如何,请听下回分解。

第十回

陈捕快夜救刘知府

原来江二在徐五的耳边说:"五哥,这个算命的他就是乾隆爷御笔钦点的新任江宁府知府,他叫刘墉,外号罗锅子。小弟认识这个罗锅子也是凑巧,那天我出去闲逛,无意间就到了城外的接官亭,瞧见他骑着驴来上任,因为他长相和行为极为特殊,所以我一直记得他的长相。他今天一定是装扮成算命的来私访大哥,依小弟看,他多半是为了周月英的事情而来。"

徐五怒气冲冲地喊:"好你个罗锅子,竟然假扮算命的来到我家。你给我老老实实地交代,如果胆敢用花言巧语蒙骗大爷,你今天就别想出了这个门!"刘罗锅隐隐约约听到了他们的话,心里暗叫一声不好,表面上则故意装傻:"我就是一个算命的,不是刘知府,你们八成是认错人了吧?"江二在旁边插话:"罗锅子你听好了,我估计你是刚到这里,不知我大哥的威名。我大哥的父亲曾做过巡抚,膝下只有我大哥这一个儿子,老爷子给我大哥留下千顷良田,万贯家财。江宁府的大小官员都和我们有来往,就连总督高大人都和我们称兄道弟。京城六部的官员我们也很熟。你好好想想,难道还怕你一个小小的知府？今天你要是说实话，咱们兴许做个朋友，让我大哥告诉吏部的官员给你写个表彰，保举你步步高升；你要不说实话，我们叫你有来无回！"

刘罗锅把心一横，就是死不认账，他继续装糊涂："你们一定是认错人了，我要真是知府，放着好好知府我不当，没事跑到你们家来干什么？"江二冷笑一声："好你个罗锅子，真是敬酒不吃吃罚酒。看来你是不到黄河不死心。"徐五听得不耐烦了，在一旁插话："兄弟，别和他费口舌了。我看他真是活得不耐烦了，竟敢到我家来打探事情！一个小小的四品知府，也不掂量一下自己的能耐，竟敢在太岁爷头上动土。来人，把这个罗锅子给我带到后面空房中锁起来。等我一会去问他，非把他打招了不可！"手下人一听，如狼似虎地扑上来，把刘罗锅拉扯到后院空房中，把门上了锁。

徐五看这刘罗锅被推进了后院，转过头来对江二说："兄弟，现在虽然将罗锅子摆平，但是这样也不是长久之计。我一时还拿不定主意，你帮我琢磨一下这个事情。"江二说："大哥，俗话说'善者不来，来者不善'，刘罗锅既然来私访，一定是为昨日那件事情。要是让他回到江宁府衙，只会给咱们带来麻烦。索性一不做，二不休，今夜三更时分放一把火，把他烧死在空房中，神不知、鬼不觉，大家都能平安无事。"徐五说："老二，你真是足智多谋。我看就这么办。走，咱哥俩好久没见了，今天一定要好好地喝两杯。"手下人一听，急忙备上酒菜，二人坐在那里就喝上了。

二人喝酒暂且不表，咱们先说刘罗锅。他在空房之内四处看，房子四面没有窗户。只在头顶上有个小小的天窗，虽然是一间空房，但实际上却是恶棍徐五私设的牢房。刘罗锅看完后，心里一凉，说："罢了，罢了，想不到我刘墉一心为民，到头来却遭此大难！"

再说外面的捕快陈大勇。他眼瞧着刘罗锅进了贼宅，等多时也不见出来，他着急地在外面直跺脚，心中猜测刘罗锅一定是凶多吉少。他低声说："大人一定出事了，等到天黑，我要夜探贼窝，打听到大人的下落，如果找不到，我就去搬兵马把徐五的宅子给围起来，进去搜索，一定要找到大人。"

书说简短，转眼就到了晚上，陈大勇找了个僻静的地方，身子一纵就上了墙头。陈大勇站在墙头上一看，徐五的宅子真不小，房子一时数不过来，大勇犯了难，不知道该从哪里找起为好。忽然，他看见东厢房第三间房子里点着灯，里面有人说话，他大喜过望，蹑手蹑脚地来到窗下，用手蘸了唾沫，轻轻地把窗户纸捅破，往里面观瞧。里面年纪稍微小点的女子说："姐姐，昨日抢来的那女子叫周月英，今年十八岁，五爷本想要和她成亲，她又抓又咬、又掐又拧。五爷脸肿了，耳朵也被咬破了，直淌鲜血。五爷恼羞成怒，叫人把她活活地打死了，找个地方把她埋了。这也太无法无天了吧！"姐姐说："妹妹，这算什么！今天白天算命的那个人，是江宁新任知府刘大人来这里私访。五爷知道后，无名火直往上攻。让人把他锁在空房中，准备今晚三更的时候放火把他烧死。"妹妹啊了一声，忙问："姐姐，那个人锁在哪个屋了？五爷难道不怕官府来找麻烦？"姐姐说："五爷是什么人，你还不知道？那个人就锁在房北头往东一拐,挨着马棚东头那间里。"

站在窗外的陈大勇探听出了刘罗锅的下落,心中大喜,他不敢怠慢,慌忙顺着黑暗往北而去,走不多时,就来到东头那个房子前,一看门上有锁。陈大勇一伸手将锁头抓住,手上一使劲,只听"咯当"一声,锁头被他拧断,顺手扔在地下。他走进屋子,小声地喊:"大人,大人,你在哪?"刘罗锅一听是陈大勇的声音,不由得满心欢喜:"大勇,本府在这呢!"陈大勇顺着声音走到大人的跟前,用手一摸,大人就地而坐,慌忙用手搀起,自己则跪了下去:"小人陈大勇救大人来迟,让大人受罪了,望大人宽恕。"刘罗锅摆了摆手:"这话怎么说的呢!这事不怪你,是贼子太狡猾。先不要说这些,咱们二人快回江宁府,派官兵擒拿这恶棍徐五。"陈大勇答应一声,扶起大人往外就走。

欲知后事如何,请听下回分解。

第十一回

围徐宅困兽犹挣扎

陈大勇搀着刘罗锅出了空房门，顺着旧路，背着刘罗锅跃上墙头，出了徐五的家。他们二人奔着江宁府的方向，急忙往回赶。刘罗锅在路上听完陈大勇把营救他的事情说了一遍后，义愤填膺地说："徐五这个人果然是作恶多端，他一知道本府的身份后，立刻就把我锁到后院空房中。若不是你将本府救了出来，本府今晚三更还不得让他给活活地烧死。事不宜迟，咱们快点回到衙门去向守备王英借兵，擒拿恶棍徐五，为民除害，保江宁地面上安宁。"

说话间二人就来到了江宁城下，一看城门早已关上，刘罗锅这时也顾不了这么多了，"陈大勇，你快去叫门，就说本府有急事要见守备王大人。"陈大勇上前，向守城的官兵把情况一说，守城官兵一听，不敢怠慢，马上向守备王英通报。王英已然睡下，听到这个消息后，急忙整理衣冠，开城门迎接刘罗锅。王英见到刘罗锅后，上前躬身施礼说："卑职迎接来迟，还望大人恕罪。"刘罗锅口中忙说："岂敢，岂敢，有劳王大人前来迎接。"王英回身吩咐兵丁把自己的坐骑让给刘罗锅骑。刘罗锅说："王大人，本府还有一事相求，请同我一同到府衙,我有事与你相商。"守备王英说:"卑职遵命,大人请。"

刘罗锅上了坐骑,守备王英等人跟在后面,众人穿街越巷,不多时就到了府衙。二人下马,穿堂过厅来到内书房,分宾主坐下,张禄献上了茶。刘罗锅说:"王大人,江宁府北门十里堡有两个恶徒,一个叫'万人愁'徐五,一个叫'渗金头'江二,都是恶贯满盈的家伙。本府昨天白天到恶人家去探听虚实,不料被江二认出,他们不容分说把本府锁在空房内,要三更天的时候一把火把本府烧死。幸亏陈大勇暗进贼宅,才将本府从虎穴救出。现在有劳王大人速速挑选兵丁,和本府一同前去捉拿恶人,为朝廷出力,为民申冤。"王英说:"这帮贼子也太大胆了,竟敢劫持大人,他们眼中还有没有王法了!大人放心,卑职这就去调集人马,一定把他们缉拿归案,为地方除害。"

王英出了府衙,上了坐骑,回到自己的府衙,集结人马,点了弓箭手五十名、藤牌手三十名、兵勇各五十名,带着他们又回到了府衙前。刘罗锅则带了陈大勇等几十个捕快。两方人马合兵一处,浩浩荡荡地出了城,直奔十里堡而来。说话间天就已经发亮了,转眼间,他们到了十里堡恶棍徐五家的门前。刘罗锅吩咐一声:"来人啊,将恶贼家给我团团围住,一个人也不许走脱!"守备王英不敢怠慢,急忙调遣兵丁把前门后门全堵住,摆开阵势,准备捉拿恶棍徐五、江二。

再说徐五的家奴一看外面这个阵势,立刻就慌了神,飞快地跑到里面报信。徐五、江二昨天晚上喝到三更后,酒喝得太多了,都忘记要烧死刘罗锅的事情了,这会正在睡觉,忽听见外面有人咣咣地砸门,口中还大声地喊:"老爷,老爷,快醒醒,大事不好了!"徐五一边穿衣服,一边直骂:"哪个混账王八蛋!你不知道老爷我睡下了吗?你叫得跟催命似的,是不是要找打,什么事值得这么大惊小怪?"家奴说:"老爷,外面来了好多兵马,把大门围了个水泄不通,我看到昨天那个罗锅子骑在马上,想必是前来兴师问罪的。"徐五一听这个话,心里有点不安。徐五对报事的家奴说:"你快去把管家于秃子叫来!"

家奴答应一声,不一会,"金头蜈蚣"于秃子就到了。徐五问秃子:"于管家,刘罗锅带领人马把咱们给围住了,要捉拿老爷我,你看,眼下这件事怎么办好?"于秃子说:"五爷,这件事你不必放在心上。最坏的结果不过是咱们破费几个银子,上下疏通打点官员一番,管叫江宁的大小官员都满意。咱们要先给他们点颜色瞧瞧,让他们知道咱们的厉害,以后保准看见咱们就脑袋疼,知道在太岁爷头上动土的后果⋯⋯"于秃子的话还没有说完,徐五脸上就露出了笑容:"管家,你的主意真不错,就这么办。事到如今,咱爷们还能束手就擒?今日先斗一斗,然后再去找总督高大人打点下,我想他也得给我个面子,最后还是有惊无险。"于秃子说:"还是老爷讲得在理,您的主意真高明。"

徐五又吩咐于秃子:"你快去把他们都叫出来,和大爷我出去会会官兵。"于秃子转身出去,院子里很快就站满了人。徐五说:"小子们,俗话说得好,'养兵千日,用在一朝'。今日江宁府的官兵把咱们爷儿们的宅子围个水泄不通,你们今天都得给我出点力气,快去找兵器,待把官兵赶跑后,回来后每人赏一个元宝!"众恶奴答应一声,纷纷各自去找兵器,要与官兵打仗,一片乱哄哄的景象。徐五和江二也都站起身来,江二吩咐下人:"你们快去把我和五爷的兵器取来,再牵上两匹马。"不多时,家奴把刀拐取来。徐五拿起双拐,江二抄起双刀,二人正要出门。

他们忽然看见一个家奴慌慌张张地跑了进来,说:"五爷,大事不好了!外面的官兵正在砸门,眼看大门就要被砸坏了,我们抵挡不住了,五爷和二爷你们快出去吧!"徐五说:"你慌什么,有大爷我在,天还能塌了不成?去,你也找个趁手的家伙,跟我们一起出去会会这帮官兵!"说完,徐五和江二上了马,手中拿着兵刃在前面走,管家于秃子带领众多的家奴跟在后面。到了大门口站住,徐五吩咐:"来人,把门打开。"家奴一听,赶忙把大门上的闩抬了下来,"吱喽喽"地开了门。

欲知后事如何,请听下回分解。

第十二回

十里堡官兵战恶霸

外面的官兵正哐哐地砸门,忽然听见里面有门响之声,就知道里面的人要出来,急忙退下台阶,列开架势,静候门里面的人出来。刘罗锅往里一看:大门内出来一大群贼人,个个手中都拿着棍棒,看样子要和官兵分出胜败才能行。徐五、江二骑在马上,其他家奴都在后面。首当其冲的是手拿双刀的于文亮于秃子,左边是"鬼头太岁"于文立,"黄峰尾"张三在后面跟随。右边是"白花蛇"郑六,后跟着"鬼吹灯"孙八等人。徐五、江二让家奴打开大门后,二人在门内眯缝着贼眼向外看:官兵大概有三百左右,个个手里都拿着刀枪。对面一字排开五员武将,正当中一员武将头戴水晶顶,五旬左右的年纪,骑着铁青色的马,手中拎着两柄铜锤。徐五正想看周围的情况,管家于秃子带着一帮家奴冲出了大门。

于秃子等人一听说有赏,一个个都吃五喝六,都想立头功。门一开,于秃子带领众多家奴出了大门口,一个个手持兵器,直奔官兵而来。王英一见这个情况,一催胯下马,手持双锤,来到近前,将他们挡在马前,口中大喝一声:"大胆狂徒,快快束手就擒!"于秃子一瞧见王英拦住了去路,二话不说,赶上前来,把手中的双刀一晃,嗖的一声,一招力劈华山,照着王英的面门就是一刀,王英急忙用左手的铜锤架住。他刚要还手,只见左边的"鬼头太岁"于文立和"黄蜂尾"张三两个枪刀并举,也奔他而来。王英不慌不忙,一个铁板桥,躲过了二人的兵器,身体刚刚坐起来,喘了口气,右边"白花蛇"郑六和"鬼吹灯"孙八的兵器也到了眼前。他们五个人,把王英团团围住。王英手下的千总杨文炳、把总李国良、周玉、和成等四人一看大人被贼人围住,互相一递眼色,不约而同地一催坐骑,上来帮助守备王英大人。只看见马上步下一齐动手,尘土飞扬,几个人混战在一起。于秃子的双刀又急又快,王英的铜锤势大力沉,一招快似一招。郑六拿着木棍一顿乱打,千总杨文炳举起双鞭相迎。张三和李国良对上了铁枪,孙八、于文立和周玉、和成二人斗在了一处。人声、马声和地上的尘土纠缠在一起,远远地望去根本看不清人影儿,只能听见各种兵器不断撞击发出的金属声,人的喊声、喘息声,也不知到底是哪方占了上风。

  双方人马打斗多时,渐渐分出了胜负。郑六一棍抡向千总,杨文炳左手鞭一迎,架住郑六的木棍,右手鞭抡圆了照着郑六的脑袋打了下去。只听"喀嚓"一声,郑六的脑袋被打了个万朵桃花开,"哎哟"一声扑倒在地,眼见是活不成了。于秃子几个人一看郑六死了,眼中都露出了怯意,手上的力量不由得减了下来,越发抵挡不住。千总杨文炳打死了郑六,腾出手来,催马直奔最近的于文立,顺手一鞭打在于文立的腿上,于文立腿上吃痛,站立不稳,一屁股就坐在了地上,抱着腿哀嚎。众兵丁一拥而上,三下五除二就把他给捆上了。张三一看不好,虚晃一枪,刚要转身往回跑,就被李国良一枪扎了个透心凉,转瞬间就到阎王殿报到去了。孙八则被周玉、和成二人擒住。管家于秃子一瞧情势不妙,虚晃一刀,跳出圈子,头也不回,撒丫子就往回跑,只恨自己的爹娘没给自己多生出两条腿。

徐五和江二看到家奴死的死,捉的捉,勃然大怒。江二对徐五说:"五哥,待小弟上前杀杀他们的威风!"说完把坐骑一带,闯出大门,直奔王英而来,两人又斗在一处。王英和江二两人二马盘旋,你来我往,斗了足有半个时辰也没有分出胜负。不过王英毕竟是奔五十的人,又刚经过一场恶斗,体力渐渐有些不济,出招的速度也慢了下来。把总李国良看到上司有点吃力,双腿一夹,催动战马,手使一杆浑铁枪,大喝一声,又冲了进去,加入了战团,二人合力擒拿江二。徐五一看江二只有招架之功,毫无还手之力,他一抖缰绳,手使双拐也冲了上去,四人又斗了小半个时辰,每个人都是汗流浃背,喘声粗重,只听得拐打锤迎叮当响,枪刺刀磕冒火星,不过还是没有分出胜负。

刘罗锅看了半天,心里着急,大喊一声:"陈大勇、王明,你们两人快帮二位大人擒拿恶贼!"陈大勇手拿一条浑铁棍,王明手使一铁尺,也加入了战斗。王明举起铁尺,瞅准机会,对准江二的腰椎骨就是一下,只听"啪"的一声脆响,当时就把江二的肋骨打折了好几根,江二"哎呦"一声,从马上掉了下来,左右兵丁过来把江二给绑了。陈大勇一看王明立了功,抖擞精神,抡圆了棍子照着徐五的马的前腿打去,马的两条前腿一下被打折,那马疼痛难当,顺势跪下,连徐五的腿也被马压住。王明赶上前又补了一尺,徐五躺在地上,连声哀嚎。刘罗锅手一挥,几个人过来把徐五也绑了。

俗话说得好,树倒猢狲散。众家奴一看徐五被抓,纷纷抛下兵器,跪地求饶。刘罗锅命令衙役把众恶贼押解回府。等到了江宁府衙,天色也晚了下来,守备王英和刘罗锅寒暄几句后,告辞而去。刘罗锅休息了一夜,第二天一早,升堂断案。他一拍惊堂木,对二人说:"徐五、江二,周月英现在在哪?快快从实招来,免得你俩皮肉受苦!"徐五、江二知道抵赖不过,当堂就全部招认自己作过的坏事,签字画押。刘罗锅吩咐:"把徐五、江二收监,明日把周国栋传来,本府要当堂结案。"说完后,退回后堂休息去了。

次日清晨,刘罗锅坐了早堂,当堂宣判。"万人愁"徐五、"渗金头"江二、管家于秃子、众恶奴一干人等罪大恶极,斩首示众。并写好公文禀明上司,上奏万岁。周国栋上堂跪在下面,听到结果后痛哭流涕,连连磕头。百姓们听到徐五等人被处斩的消息,拍手称快。

欲知后事如何,请听下回分解。

徐宅外官兵勇斗恶贼

第十三回

嫌礼轻总督斥罗锅

刘罗锅审完徐五案件后,心情十分舒畅,美美地睡了一个好觉。第二天早晨,刘罗锅吃完早饭后,对张禄说:"今天不用预备饭了,总督高大人今天过生日,咱爷们给他祝寿去,顺便在他那里吃顿饭。"罗锅又告诉张禄:"你快去买八样寿礼,三斤牛肉,六斤切面,干粉二斤,大米三升,两碗小豆腐,木耳、金针各两斤,另外再买二十个白面寿桃,抓紧去准备。"张禄答应一声,买完后,来到书房回禀了刘罗锅。刘罗锅带着张禄,让四名家人带着寿礼,直奔高宾总督的衙门而来。

几个人穿街越巷,很快就来到了高大人门外。张禄拿着礼单,见了总督的巡捕官说明来意,然后把礼单递过去。巡捕官来到内房,把礼单交给高宾的贴身仆从。仆从拿着礼单,来到书房见了高大人,将刘罗锅贺寿之事说了一遍,然后把礼单递了过去。

高宾一看礼单上的贺礼,只见上面写着:"卑职刘墉江宁府,今日给大人庆生辰。礼物轻,请大人不要见怪,这不过是卑职略表心意:三斤精牛肉,六斤细条切面,三升大米,二斤干粉,还有木耳与金针,两碗小豆腐,二十个寿桃白似银。一共算来八样礼,卑职诚意孝敬大人。我刘墉,今日虽然做知府,算是皇家四品臣,不过是,驴粪球儿外面好,内里的饥荒谁知道?今日给大人买寿礼,还是当了一件皮马墩才买的。"高宾看完,气往上撞,甩手就把礼单摔在地上:"好一个可恶的刘罗锅,气死我了!他哪是来给我拜寿,存心是给我添堵来了,咱们骑驴看唱本——走着瞧!叫你认识一下我高某人!"他带怒吩咐:"来福,快去门口告诉刘罗锅,把礼物抬回去,他的美意我心领了。"来福答应一声,来到门口,对刘罗锅说:"刘知府,我们高大人说了,礼物都不要了,今年生日也不过了,叫你费心,抓紧回府处理公事为好。"刘罗锅一听这话恼羞成怒,转身对张禄说:"你告诉他们把礼物抬回去,高大人清正廉洁不收礼,不过寿礼扔掉了也怪可惜的,东西就让他们分了罢。你回去告诉他们,他们能吃上寿礼,应该感谢高大人,不要以为是我的恩典。"

刘罗锅把家人打发走后,心中暗暗地生着闷气。他想:古人说得好,千里送鹅毛,礼轻情义重。就算你不高兴,也应当收下为好,直接把我的礼单退出来,明摆着是让我下不来台,我岂能就此罢手?你不让我进去,我今天还非得进去不可!刘罗锅本来就不是省油的灯,他哪曾受过这种气,一心要闹点事儿。所谓无巧不成书,刘罗锅一抬头,看见来了江宁布政司、按察司、各府、道、州、县的二十几位文武官员一齐来给总督高宾贺寿,这些人平时惧怕高宾给他们小鞋穿,这次肯定带了不少贵重的礼物。刘罗锅一看机会来了,马上迎了上去,脸上堆着笑说:"诸位大人,都是来贺寿的吧?众位来得不巧,恐怕要白跑一趟了。方才刘某我也来贺寿,高大人里边传出话,今年生日不过了,礼物也一概不收。诸位请回吧!"江宁布政司一听刘罗锅这话,带着疑惑的表情问刘罗锅:"刘大人,此事当真?"刘罗锅一本正经地说:"曹大人,我的为人你们应该清楚,你看我刘某人是那种说假话的人吗?"众官员互相瞅瞅,布政司一看这个情景,开口说:"既是高大人的吩咐,我等岂敢不从?"说罢,扭头吩咐手下人:"把给高大人贺寿的礼物,全都抬回去。"其他官员一见,也都纷纷上轿,掉转马头各自回府衙去了。等众官员把礼物全都抬回去了,刘罗锅吩咐张禄拿一个马扎,坐在高大人的门口——他是诚心要找事!

再说高宾在书房正等着数众官员送来的贺礼,左等右等也没有看见一个人来给他祝寿,他心中正纳闷,就见家人来福进来禀报:"大人,那个刘罗锅在外面胡说八道,说您今年不过生日了,把前来给您贺寿的人都给骗走了。"高宾一听,脸上的五官立刻挪了位置,冷笑一声说:"很好,很好。你快去把他叫进来,我有话和他说。"转眼的工夫,刘罗锅就从门口来到了书房。参见过总督大人后,往东边一站,说:"不知大人传卑职前来,有何教谕?"高宾冷笑一声:"刘大人,别和我装糊涂,你自己做过什么事情,你自己不知道?从今往后,你要小心办事情。要有一点不周处,可别怪我……"总督的话还没有说完,刘罗锅立刻就接上了话:"大人,卑职不做亏心事,半夜不怕鬼叫门。我刘墉上要报效国家,下要对得起黎民百姓。不知是哪个小人在大人面前说我的坏话,请大人要分辨忠奸。"高宾听完后,心说:"这个罗锅真可恶,变着法地来挖苦我。有心要治他的罪,一时又没有借口。等哪天犯到我手里,有你好果子吃的!"

他正不知怎么打发刘罗锅,就看见高全来到了书房。单腿打了个千,说:"大人,云贵巡抚苏大人前来拜会。"高宾一听,对刘罗锅说:"刘知府,你先回去,咱们有话以后再说。"刘罗锅马上回应:"卑职愚钝无才,专候大人的教谕。"说完告辞,出书房而去。

刘罗锅出了高宾家,手下人跟随,穿街越巷,回到了自己的衙门。家人闻知大人一天没吃饭,急忙叫厨房把饭摆上。刘罗锅饱餐一顿,等吃完饭,天也黑了。刘罗锅又读了会书,二更天的时候上床休息,一夜无话。

第二天清晨,刘罗锅升堂,正要处理一些没有完结的公文,就看见打下面走上一人,来到公堂:"大人在上,今有总督大人的公文在此,请大人过目。"刘罗锅微微一笑,接了过来,仔细观看。

欲知后事如何,请听下回分解。

第十四回

女头与男身现井中

刘罗锅拆开一看,只见公文上写着:"两江总督高某谕,批与江宁知府刘墉四品臣:你下属的江宁县地界出了件怪事,人头扔在井中,尸首不知在何处,本督命你缉拿凶犯。限期五天,等查明后到我衙门禀报。如果五天不能了结此案,休怪本督到时向皇上参奏你失职之罪。"刘大人一看就明白了:"总督高宾因为昨日之事怀恨在心,要拿此事为难我,公报私仇。我刘墉行得端,走得正,我把案子给你破了,让你看看我刘某人的厉害!"

刘罗锅想到这里,抬头昐咐左右:"备轿,本府要去江宁县亲自查验。"手下之人答应一声,轿夫们将轿抬至堂口,刘大人出了公堂,猫腰上轿,轿夫抬上直奔江宁县。轿子穿街越巷,一袋烟的工夫就来到了城隍庙前。轿夫站住,江宁县的知县孙怀玉听到消息,早就率领一干人等在此恭候,把刘大人请下轿来。刘罗锅升了公堂,府县衙役都在两旁站立,江宁县也在一旁伺候。刘罗锅对知县孙怀玉说,"江宁县,井中的人头,如今现在何处,什么人报案的?又是什么人发现的?你快向本府讲明。"知县孙怀玉说:"大人在上,人头就在井边,是本县的赵洪提水时无意中捞上来的,江宁县的地方刘宾报告的。"刘罗锅说:"既然如此,快带刘宾、赵洪堂下听审。"知县孙怀玉答应,不多时,衙役把赵洪、刘宾带到公堂,二人跪在下面听候问话。

刘罗锅问:"赵洪,你几时打的水?人头怎样上来的?快快从实讲来,如有假话,本府定不轻饶!"赵洪磕了一个头,说:"大人,小人我今天早上去提水做饭,不想却提上来一个女子的人头,当时把小的吓得魂都快没了,马上通知了地方(古代乡村上的一个官员)刘宾。望大人明镜高悬,还小人一个清白。"说完又把头叩。刘罗锅问刘宾:"赵洪此话当真?"刘宾说:"赵洪所说真实,小人一知道后马上就报了知县大人。"刘罗锅又问孙怀玉:"人头现在何处?本府要亲眼看看。"知县孙怀玉说:"现就在庙前井边。"说完前头引路,来到了井边,吩咐衙役把芦席掀去,露出带血的人头。

刘罗锅一看人头是个女子,二十六七岁,脸上还涂着胭脂。刘罗锅看完后说:"快传仵作(中国古代对法医的特定称呼)过来回话。"刘罗锅的话还未说完,仵作李五已经跪在地上说:"大人,小人已经验看过了,这个女子是被人用尖刀杀死的。"刘罗锅又吩咐:"孙县令,你快派人下井去看看,尸首是否在井中?如果在的话,赶紧打捞上来。"孙怀玉急忙吩咐手下众衙役下井去打捞尸首,衙役们把准备好的钩杆向井内探。他们用杆子在水中搅了几搅,向回一抽,只觉得像钩住什么东西似的,用力一拉,轻轻钩出水面,留神观看,原来是个死人,吓了一跳。众人一起用力把死尸拉出井口。

大家一看打捞上来的死尸是个男子，二十岁上下的样子，脑袋没了半边，捕头王永一见又捞上来一具男尸，慌慌张张地跑到刘罗锅面前跪下："大人，井中又捞出一具没有头的男子尸体！"刘罗锅一听打井中又捞上个男子，心中吃了一惊，暗说："奇怪！这个女子的身份还没闹清，又闹出男尸来，出了个连环案。真是怪事！"刘罗锅想到这里，站起身说："本府亲自查验。"

刘罗锅来到井边，定眼察看捞上来的这个死人：缺了半个脑袋，身上衣裳齐整，全身没有刀伤，二十左右的年纪。刘罗锅说："快传仵作过来。"话音刚落，仵作李五跪在地上，刘罗锅说："你快验看尸体，到底是被何凶器杀死？如有粗心验不到，准备你的狗腿受官刑。"仵作答应，急忙来到尸体跟前站住，从袜筒内取出根象牙筷子。仔细地验看尸体。李五验罢回禀："大人，此男子二十岁上下，被木器打死。胳膊上还有两行字，左边是'一年长吉庆'，右边是'四季保平安'。"刘罗锅一摆手，仵作站起一旁听候盼咐。他沉吟了一会，对知县孙怀玉说："孙县令，命人将人头、死尸看好，不得损坏。如果有人报案，立刻通知本府。本府先回府衙，明日自有公断。"刘罗锅盼咐已毕，转身上轿，回衙门去了。

刘罗锅回到书房后，心中暗自纳闷："此事也太过蹊跷，既然把人杀害，为何又把人头扔到井内，不见女子的尸体。等我差人下井捞尸首，真奇怪，又捞上个男子的尸体！一案不完又一案，真让人头疼。总督高宾给我五天期限破案，如果不能破案，他一定会上奏朝廷说我失职。我不能让他小看了,我要抓紧时间破案,让他看看我刘某人的本事。可从哪里下手呢?"刘罗锅想了半天,决定还是私访去探听蛛丝马迹。刘罗锅想罢,对张禄说:"你去速速预备几宗草药,小箱子一个,我要出去打听一下。你到外面传话,就说本府偶染风寒,明天不能升堂断案。"

到了第二天清晨,刘罗锅吃了早饭,更换了衣服。接过药箱子,背在肩头,出了府衙,来到大街之上,大街上人来人往,两边店铺、酒铺生意兴旺,非常热闹。刘罗锅看见道东有座酒铺。半空之中三尺布,写这两行字。一边是:"过客闻香须下马",一边是:"知味停车步懒行"。刘罗锅一看里面士农工商各色人等都有,就进了酒铺,拣了个偏东的位置。吩咐跑堂:"给我来碗酒。"跑堂答应,接着问:"先生要用什么菜?"刘罗锅说:"身上没有多余的钱,你快把酒拿上来罢。"跑堂把酒端了上来。刘罗锅一边喝着酒,一边琢磨寻找蛛丝马迹。忽然西边桌说话的内容引起了他的注意。

欲知后事如何,请听下回分解。

第十五回

害人命李四中邪祟

　　刘罗锅向西边桌上一望,坐在北边那个人大概有三十四五的样子;南边那个也就二十七八。两个人都有了几分醉意。只听北边那个人说:"老七,有件事情,你知道不知道?"南边那个人就问说:"什么事?"北边那个人笑着说:"这话说起来有好几天了。那天我正在莲花庵外卖货,有个女子出来买线,她长得那个俊,我当时就一直瞅着她,连钱都忘记收了,这几天这个女子的样子一直在我脑袋中。昨天江宁县城隍庙前井中捞上个人头,我也去跟着看热闹。老弟呀,你猜怎么着?我越瞧那个人头越像前几天那个女子的脑袋……"北边这个人刚说到这一句,吓得南边那个年轻的噌的一下站起来,一把手捂住了他的嘴:"二哥,你不要信口开河。总督大人昨天过生日,想要趁机赚点银子花。下属敢不敬上司?而刘知府则给总督装穷。牛肉、切面、黄花菜,还有两碗小豆腐,一句话,总共不值两吊钱!高大人气得红了眼,礼物全给扔了出来。刘大人恼羞成怒,把给总督拜寿的众位老爷全给打发走了。总督记恨在心,今天才让他审人头案。刚才你说的要叫他的差人听去,非得把你抓去问话!"北边那个人一听,吓得酒也醒了大半,两个人付了酒钱,出门去了。刘罗锅听到两个人的话,站起身来,付了酒钱,背着药箱出了酒铺,奔着莲花庵的方向走去。

他一面走着,一面吆喝:"列位乡亲,我的灵丹妙药无虚假,专治那古怪病症与恶疮,北京城内把名扬。"刘大人吆喝着往前走,只见路北边有一个女子招呼他:"先生,快来,我丈夫中邪了,你快给我丈夫看看。"刘罗锅开口:"这位娘子,好说,病人在哪?前面带路。"说话间,二人就来到了屋里。刘罗锅一进屋,就看见床上躺着一个人,三十四五的年纪,一副贼眉鼠眼的样子,嘴里念念叨叨,也不知他说的是些什么。罗锅正要听他的话,就听这刁氏说:"先生,我丈夫这几天忽然得了怪病,成天躺在床上胡言乱语,念念叨叨,我也听不懂他说的话。所以把先生请进来,看看是何病症。若能治好,我愿意出二两银子谢您。"刘罗锅说:"既然如此,让我好好瞧瞧。"

刘罗锅听着床上的人言语不清,再加上刚才这个刁氏说的话,心中早已明白八九分。他假装看了一会,才拿腔作势地说:"令夫病得真厉害,我一看就是冤魂上身,若不趁早除邪,只怕半夜三更要闹鬼,你家也不能消停。"刚说到这句,刘罗锅就看见刁氏脸色大变,"先生,既然你看破,快施法力赶走冤魂。"刘罗锅问:"既然如此,快去准备,我画几道灵符,将冤魂赶去,病人即刻平安。"去不多时,刁氏将纸笔等递了过来。刘罗锅说:"快去找把裁纸刀。"刁氏连忙拿了一把尖刀,递给刘罗锅。刘罗锅接过一看,只见那刀柄上面刻着三个字

"长保记",他不由得心内一动,心说:"昨天城隍庙前捞上来的死尸,胳膊上刺有'一年长吉庆'、'四季保平安',不是也有'长保'二字?井中尸首,极有可能就是这个人谋害。"想到这里,刘罗锅说:"娘子,把你丈夫的姓名告诉我,我好写在灵符上,帮他赶走冤魂。然后让他明早去城隍庙烧香还愿就可保太平。"刁氏说:"我丈夫叫李四。"罗锅写完名字,又胡乱地画了几笔,然后对刁氏说:"把这道符贴在房门上,这样冤魂就不会来了,待我再念套解冤咒语,保你家大小平安。"

刘罗锅嘴里嘟囔:"你要是井中那死鬼,我的话你要听,暂且将他放,本府拿他进衙门为你报仇,叫你也好转世为人。"刘罗锅说完,用足了劲,"啪"的一巴掌,打得李四一个激灵,睁开了眼睛,坐了起来。李四被刘罗锅一个嘴巴打好了!刘罗锅也有些发蒙,好半天才回过神来。只听李四说:"快插上门,别让他进来!"刚刚说完,一抬头,瞧见刘罗锅坐在椅子上,他疑惑地问刁氏,说:"贤妻,椅子上坐的这位是谁,到咱家有何贵干?"刁氏见李四问,就将以往经过告诉他男人一遍。

李四听完他妻子刁氏之言,心里琢磨怎么不掏那二两银子。他想了一下,对着刘罗锅说:"先生,我有句话和你商议,不知道使不使得?"刘罗锅说:"此话何讲?"李四说:"先生,我有个朋友,离这里不远,也是得了个邪气病,闹得很厉害,总治不好。我见你的手段高强,让我佩服。你明日再来,我把你带到那里去,管叫你发点财。治好了我那个朋友,我们一并酬谢你,不知先生意下如何?"刘罗锅是何等人物,一听就知道他是不愿意给钱,心里暗骂一声,脸上却装着糊涂的样子说:"明天一并给也好。"说完,他背起药箱,向外就走,夫妇二人送出了门外。

刘罗锅出门后,记住了他家的位置,迈步朝莲花庵的方向走去。他心里着急,穿街越巷走得快,走了半个时辰左右,就看见路北有"莲花庵"三个大字。刘罗锅来到山门口,坐在路边的石头上等了半天,也不见庙里有人开门出来。无奈之下只好又向东走,看见一个蓝布包袱扔在地上。刘罗锅走上前去,来到跟前伸手一提,只觉得沉甸甸的。刘罗锅自言自语:"不知何人把包袱落在这里,我不如打开看看里边的东西,要是能有点发现,也好把包袱还给主人。"说话间就解开了扣,一看里面还有个小包袱。刘罗锅解开一看,当时就大吃一惊,里面是一个刚出生几天被盐腌过的死孩子!

欲知后事如何,请听下回分解。

第十六回

昧良心盟兄杀盟弟

刘罗锅心想:"这事稀奇,也不知这孩子是死后才腌的,还是腌了才死的?再者,人家死了儿女,哪有倒拿盐腌起来的?断无此理,这孩子一定是私生的。即使就是私胎,把他扔在荒郊野外也就是了,也不用腌了才扔。这件事一定另有隐情。"想到这里,刘罗锅望着那个盐腌的死孩子说:"可怜的孩子,我送你到一个安身之处吧。"刘罗锅说完把孩子包好,把包袱装到药箱子里面,径奔府衙而来。

回到府衙后,刘罗锅吩咐张禄:"你把此箱放到土地祠的小庙中,派人专门看守,不许有闪失。"不多时,张禄回禀事情已经办妥。刘罗锅告诉张禄:"你到外边把当值的衙役叫进两个来,本府有事。"工夫不大,杜茂、贾瑞两人走了进来。刘罗锅说:"杜茂、贾瑞,本府命你二人明早去江宁县城隍庙中等候,要有一个叫李四的进庙烧香,你们便把他即刻拿来,本府自有道理。"

次日清晨,刘罗锅升堂后,吩咐王明去东边土地庙把箱子拿到公堂之上。不多时,箱子拿到了公堂之上。刘罗锅又吩咐他打开包袱,众人看见死孩子全都大吃一惊!刘罗锅吩咐王明:"走上前来,我有事情吩咐你。"王明走上前,罗锅对他低声说了几句。王明答应一声,拿起那个包袱往外走。王明刚下堂,刘罗锅就看见贾瑞、杜茂带着李四来到堂前。杜茂说:"小的二人遵大人命令,现将李四拿到。"刘罗锅一摆手,两人站起入列。刘罗锅一拍惊堂木,口中说:"大胆的李四,你竟敢谋害人命!你抬头瞧瞧,本府是何人?"

李四朝上一看,当时就吓得目瞪口呆,心说:"不好!原来是知府假装卖药到我家私访,这下事情可败露了。"他正在胡思乱想。刘罗锅在上面又说:"李四,你为何谋害人命,将尸首扔在井中?快从实招来!如有虚假,定让你狗命难逃!"李四说:"大人在上,朗朗乾坤,小人岂敢行凶?再者,死者的姓名尚且不知道,又没有原告,不能说小人杀了人。望大人详查,不要诬赖小人。"刘罗锅一听,立刻发了怒:"李四,你少抵赖,本府告诉你,死鬼叫长保,你还有什么话说?看来不动刑你是不会招的。来人啊,上夹棍!"李四听到长保的名字,马上慌了神,又听到要给自己上夹棍,李四当时瘫软了下来:"大人,不用动夹棍,小的我招了就是了。"

李四下面磕头:"大人在上,小人我叫李四,家住江宁府,我有个盟弟叫长保,在镇江那做生意。昨天他得意扬扬地回来,好像是在那边发了财,让我无意在街上撞见了。我请他到我家去叙叙旧。我们喝到头更的时候,外面下了大雨,他就准备住在我家中。我们俩就继续喝酒,长保喝多了,趴在桌上就睡着了。小人喊了他几声,看他没有反应,小人就悄悄地打开他的包袱,看见里面有四百两银子和一些散碎的铜钱。小人见财就起了歹心,随手拿起一个菜墩子,照着长保的脑袋打了下去。长保没哼一声,当时就没命了。小人把他身上衣服脱下来,然后趁着夜静无人,把尸首扔到江宁城隍庙的井中。我以为此事神鬼下知,哪知大人了然于胸,今日事发,小人情愿领死。"刘罗锅一听李四的供词,把牙咬得直响,说:"你这个人面兽心的家伙,为了几个钱,视人命如同儿戏!你眼里还有王法?"刘罗锅又对书吏说:"快把供词拿下去,叫他签字画押。"书吏拿了下去,李四当堂画押。刘罗锅说:"把李四收监,等候案子结后再明正典刑。"

  回头我们再说王明。他领了命令,带着死孩子出了衙门,嘴里直抱怨:"罗锅子,你今天又故意为难我,我哪知道这是谁家扔的小孩子?放着公事你不办,又来胡搅蛮缠!我看你五天之内不能结案怎么办,总督那里够你喝一壶的。他一定会参你,让你回老家抱孩子!"王明抱怨着回到了自己家。他进了屋里还未坐下,妻子张氏正在做些针线,抬头瞧见他从外边走进来,手里还拿着个包袱,也不知包的是何物件,张氏还当是给他买来的什么吃食东西,高兴地说:"你买什么东西了?"王明正有点气儿不顺,一听这话,没好气儿地说:"你问的是这包袱里头的东西吗?这东西沉着呢,告诉你,这是我们刘大人赏给我的,快给我搁在咱们那个佛龛里面供起来!"妻子张氏这个人心实,顺手就接了过来,搁在佛龛里高高地供起来,还烧上了一炷香。王明一看当时气就不打一处来,饭也没吃,出门走来到大街上,找了个小酒铺,进去拣了个座儿坐下,要了一壶酒自斟自饮,心中直骂刘罗锅糊涂。

李四见财起意害长保

忽听对面桌子上有二人在讲话。一个有四十几岁,一个有二十七八岁。就听年长的说:"老弟,昨天早晨有件事,实在叫我想不明白,你帮我分析看看。昨天我一早起来跑到莲花庵后面出恭,看见一个皮匠挑着担子向东走,一个蓝布包袱掉了下来,他也不管,只顾挑着担子向前走。我赶紧跑到跟前一看,打开一看,吓了我一跳,原来是一个死孩子在里头包着呢!我又仔细一瞧,更怪的是这个孩子的浑身上下,拿盐腌得好像腊肉一样,你说这事怪不怪?"西边那个人问:"这个皮匠,可不知是哪里的,你认不认得他呢?"年长些的说:"怎么不认得呢?他就是鼓楼底下缝破鞋的王二楼那小子!"西边这个人惊讶地说:"啊,敢情是他!去年他的女人不是跟那个卖切糕的魏三跑了吗?"二人说罢大笑,付了酒钱,站起身来,出了酒铺,扬长而去。

欲知后事如何,请听下回分解。

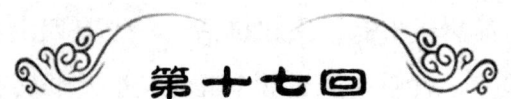

第十七回

 王二楼贪财误偷尸

王明一旁听见二人的话,不由满心欢喜。他慌忙站起来付了酒钱,出了酒馆,一直奔鼓楼而来。王明来到鼓楼北边一看,王二楼正坐在那里修鞋,王明找块石头把自己鞋划破了。然后笑着对王二楼说:"王二哥,好久不见,在哪里发财来着?"王二楼听见人和他说话,抬眼一瞧是王明,急忙站起来说:"王大爷,哪阵风把您吹到我这来了,快请坐!"王明说:"我这只鞋坏了,你帮我缝缝。"

王二楼低头缝鞋,王明则故意地没话找话。他对王二楼说:"王二哥,我真是倒霉。今天早晨,我和大人从莲花庵那里经过,在路东边发现有一个包袱,打开一看是个没有满月的死孩子。大人一见就说丧气,让我找个地方把死孩子埋了,我只好按照大人的吩咐去做,结果把鞋都弄开线了,你说丧气不丧气!也不知是谁把孩子扔在那!"王二楼低头缝着鞋,口中毫无遮拦地说:"王大爷,你别生气,那个死孩子是我扔在那的。"王明一听,心中暗暗欣喜。王二楼把鞋递给王明,嘴里说:"王大爷,缝好了,给你,不要付钱了。"王明趁着他说话的这个工夫,把锁子给掏出来了,往王二楼脖子上哗嘟一套。王二楼忙说:"王大爷,别开玩笑啊,你这是干什么?白缝鞋不要钱,你怎么还把我给锁起来了?"王明对他说:"谁有时间和你开玩笑!我奉刘大人之命前来调查死孩子的事情,既然这个死孩子是你扔的,说不得,我只好拿你向大人回话,你快跟我上衙门一趟!"王二楼一听发了蒙,只好收拾了摊子,和他一同来到了府衙。王明来到堂前:"大人在上,小人按照大人吩咐,已经找到了扔小孩的人,他是鼓楼的皮匠王二楼,现在正在堂下等候大人问话。"

刘罗锅上面一摆手,王明站起一旁肃立。刘罗锅问皮匠:"王二楼,本府问你,你为何要把死孩子用盐腌了,还一大清早地就扔到道边?是不是做了什么亏心事,在本府堂前从实招来,若有半句假话,本府决不轻饶!"皮匠王二楼说:"大人,小民冤枉啊,那个死孩子是我扔在道边的不假,不过那个死孩子不是我的,是我从北街上开鞋铺的李三那拿来的。"刘罗锅问:"胡说!既然是他的,你为何要替他去扔孩子,你不知道这是要吃官司的,是不是你们两人合谋好的?"王二楼连连磕头说:"大人,容小人我回禀,这件事内有隐情在内。小人我和李三以前都一起在道边修鞋,有点交情。后来他赚了钱,就自己开了一个铺子。昨天我手头有点紧,想向他借点钱应应急,谁知他一个大子也不借!我当时越想越生气,小人我看见他的柜底下有一个蓝布包袱,当时想这里面会有些衣服钱财,拿出去还能换几个钱。所以小人我趁他不注意,把那个蓝布包袱拿出来了,等走到莲花庵的路东边一看,原来是个盐腌的死孩子,我当时就感到特别晦气,也没多想,顺手就把它扔在道边了。以上就是事情的经过,小人我说的句句都是实情,小人不敢欺瞒大人,望大人明察,还小人一个清白!"说完,连连磕头。刘罗锅一听,马上吩咐衙役传李三上堂当面对质。也就一顿饭的工夫,衙役把李三带到,李三跪在堂下等候问话。

刘罗锅问:"你就是北街鞋铺的李三吗?皮匠王二楼说你家有一个蓝布包袱,里面包着一个盐腌的孩子,这是为何?你要在本府面前从实说来,倘有一字不实,定把你的狗腿夹折!"李三连忙向上磕头说:"大人在上,要问这死孩子盐腌的来历,小人我也不敢撒谎。小人的房东是个年轻的寡妇,小人住着她的房子,总不给她房钱,每月还要从她那里拿个三吊两吊的。她要不依,小人就拿这个死孩子讹她——我就说是她养的。她怕小的吵闹,被人耻笑,她就不和小人我一般见识,小人我就把这个死孩子收起来,搁在柜底下,等她要房钱的时候拿这个去搪塞她。不想昨天被王二楼当衣服钱财给偷了去了。"刘罗锅又问:"你为何又拿盐把孩子腌起来?"李三说:"回大人,我怕搁的时间长了坏了,才拿盐把他腌起来。"刘罗锅一拍惊堂木:"这个死孩子可是你的?从实招来!"

李三浑身一哆嗦:"回大人,小人目前尚未娶妻,哪来的孩子呢!"刘罗锅一声断喝:"你这奸诈的奴才!既然不是你的,为何当时不报官,死孩子又是何处来的?快快实说,不然打折你的狗腿!左右,刑具伺候!"李三一看这个阵势,早就浑身发抖:"大人,这个死孩子是小人的朋友送给小人的。他也住在北街上，三官庙的对面，开了个棺材铺，姓张，叫张立。"刘罗锅听到这里，吩咐王明："你再去趟北街，三官庙的对面棺材铺中，把张立拿到堂前听审。"王明答应，出衙去传张立去了。

去不多时，棺材铺中的张立被带到堂前，跪在下面。刘罗锅在上面打量张立，身穿蓝布袍儿，外边罩着一个青布夹套。脚上穿一双青缎面的鞋。头戴一顶立绒帽，一副读书人的样子，刘罗锅看了半天没说话，把张立看得直发毛，跪在堂下一动也不敢动。刘罗锅许久才问："张立，本府传你前来是有话要问你，李三当堂说是你送给他的死孩子，此话当真？你对本府不可隐瞒，如有不实，本府绝不轻饶！"张立一听刘罗锅的话，心说："不好！原来是这件事情。皮匠李三这小子嘴上没有把门的，走漏了风声。可这件事情让我怎么说才好呢？"张立跪在那里，一时也不知该说什么。

欲知后事如何，请听下回分解。

第十八回

武姑子堂上受夹刑

刘罗锅一看,就知道张立心中有鬼,他在上面一声断喝:"张立,本府问话,你为何不答?"张立跪在堂下,心中暗自思量:这件事情躲是躲不过去了,不如当堂招认,估计这事情也不能要了我的命。想到这里,张立开了口:"大人在上,这个死孩子就是莲花庵中那个女尼武姑子所生。我俩平日里常常来往,一来二去,我晚上就长住在她那里。不想生下了这个孩子,我们怕事情败露,就把孩子给弄死了。小人不敢欺瞒大人,望大人饶过我这一次吧!"说罢,在下面连连磕头。

刘大人听完后,吩咐王明:"王明,你再跑一趟,到莲花庵把庙主武姑子传来对证,快去!"王明答应,出了衙门,来到莲花庵的门前,用手啪啪地打门。武姑子在里面听到声音,以为是布施的人来了,急忙出来开门。王明开口就问:"大师父,你就是这宝庵的当家的吗?"武姑子说:"不敢,小尼就是。不知施主有何事?"王明说:"我是江宁府刘大人手下的官差,你和奸夫张立的事情大人已经知道了,大人现在传你去衙门回话,快跟我走吧。"武姑子一听王明的话,脸上立刻变了颜色,沉默不语。

王明看得不耐烦,嘴里不住地催促她:"早知今日,何必当初?别想了,抓紧和我去见大人,有什么话你去和大人说。"武姑子无奈,只好锁上山门,跟着王明来到了衙门。王明带武姑子来到堂下,回禀刘罗锅:"大人,小人奉命把武姑子带到。"刘罗锅上边一摆手,王明站起,听候吩咐。刘罗锅问:"武姑子,棺材铺的张立说与你有奸情,把孩子弄死,扔在野外,可是真情?"武姑子说:"大人在上,小尼也不强辩。望大人高抬贵手,可怜小尼。"刘罗锅微微冷笑,往下吩咐:"将武姑子和张立带下去,严加看守,不许他们串通口供。一会本官再审。"下面人答应一声,将两个人带了下去。

　　刘罗锅又叫:"朱文,俯耳过来。"罗锅向朱文耳朵上悄语低声,说:"如此这般,这般如此,快去。"朱文不多时就把那个蓝色包袱拿到堂上,回话说:"小人照大人的吩咐把东西拿来了。"刘罗锅吩咐一声,"带武姑子和张立上堂!"刘罗锅看见两个人跪在下面,口中说:"张立,你放着好好的买卖不做,却私通佛门弟子,今日事发,还有何话要说?武姑子,你既为佛门弟子,你就该一心礼佛。岂不知私自偷情会辱没佛门?你二人幸亏遇见本府我,我见你二人可怜,现在堂下包袱里面包着那个死孩子,你们赶紧拿到荒郊野外埋了。从此以后,你们要各守本分,若是再犯在我的手中,绝不轻饶!"说完,吩咐衙役把包袱递给他们两个人。武姑子和张立打开包袱一瞧,武姑子当时吓得魂差点都没有了,张立也是直打冷战,嘴唇发青。里面装的不是死孩子吗?不是!是个人脑袋,仔细一看,是那个从井中捞上来的女头!武姑子"哎哟"一声就坐到了地上,浑身似筛糠般地乱抖,嘴里面直说:"有鬼!有鬼!"。刘罗锅一瞧这情景,已经猜了个八九不离十。他问武姑子:"武姑子,你别以为此事神鬼不知,你还有什么话说?快从实招来,免得本官对你动刑!"

　　武姑子看见人头后,心说:"我本想认了奸情,还不至于要命,谁想又把这件事情带了出来。这人头本是我妹妹素姐之头,都是我那狠心的冤家求奸没得逞,竟然狠心用尖刀把她杀死,尸首埋在我的后院,冤家又把头拿出庙去,说是要嫁祸给仇家。不料这人头在堂上出现,如果我招了,性命休矣!"又一想:"素姐虽死,但是现在无凭无证,我咬紧牙根,至死不招,看刘罗锅能奈我何!"想到这里,武姑子说:"青天大老爷,小尼与张立通奸属实,要说小尼杀人,有何凭据,谁是见证?望大人明察,不要诬陷。"罗锅听到武姑子这个话,微微冷笑:"看来不动刑你是不会招了!来人,上刑!"衙役们齐声答应,不容分说,把武姑子的十根手指放入木棍之内。刘罗锅吩咐一声:"拢绳!"下面人齐声答应,左右将绳一拢,武姑子当时就面如金纸,浑身打战,体似筛糠。她咬紧牙关说:"青天大老爷,小尼我并没有杀人,大人却硬要我招供。大人这样做,岂不有伤天理?"

　　刘罗锅一听,吩咐衙役再上刑,可是一连三次,武姑子就是不招。刘罗锅一瞧,心里也发了蒙,心说:"莫非其中真有冤情?我要断不清这件事,总督高宾一定不会容我。可是现在已经不能加刑了,怎么办才好呢?"刘罗锅在座位上如坐针毡,急切之间不知如何是好。忽然之间,灵机一动,把王明叫到眼前，刘罗锅低语："王明，你先把武姑子带下去，今晚三更天的时候把她带到城隍庙的大殿之上，把她锁在供桌腿上。你就在一旁看守。但有过失，小心你的狗腿！"王明答应一声，带着武姑子下去了。刘罗锅一拍惊堂木："王二楼无罪开释，李三重打十大板，上一月枷号，张立、武姑子二人暂时收监。退堂。"

刘罗锅退堂，回到书房，吃完了饭，喝了会茶，天色很快就暗了下来。刘罗锅马上吩咐张禄把和英、陈大勇叫来，不多时，二人来到，在一旁站立。刘罗锅说："你二人一更天的时候去城隍庙，偷偷地把大殿上的泥胎掷出庙外，你二人在后殿等候。必须如此这般，这般如此，才能审清案子。刚才之事，休叫外人知道。"二人齐声答应，往外而去。等到一更天后，刘罗锅带着张禄悄悄地直奔城隍庙而来。

欲知后事如何，请听下回分解。

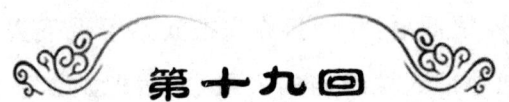

第十九回

城隍庙装神套实情

二人很快就来到城隍庙的后门,张禄上前打门,里面的和英、陈大勇听到声音,就知道是刘罗锅来了,连忙把他接进庙内。刘罗锅问:"事情办妥了吗?"二人答应:"俱已办妥,就等大人吩咐。"刘大人说:"既然如此,咱们一同前去。"三人来到大殿之上,刘罗锅吩咐张禄回衙门休息,自己则上了供桌,坐在神位之上,让和英站在东边装判官,陈大勇站在西边装小鬼,一切准备就绪。

王明带着武姑子往城隍庙大殿方向走,可巧今天是初一,二更天的时候,天黑得伸手不见五指。进了城隍庙大殿,王明把武姑子锁在供桌腿上。他一看周围无人,马上就起了色心,嘴里说:"武师傅,有缘千里来相会,无缘对面不相逢。咱们俩也算是前世有缘,不如咱们俩乐上一乐。"说着话就朝前凑。刘罗锅在上面一听,一脚就把供桌上的花瓶踹到了地上,嘴里面说:"来人,快把人间的好色之徒拿下!拉下去重打二十五大板。"王明当时就吓得他浑身打战,跪在地下,一动也不敢动地说:"城隍爷就饶过小人这一次吧,小人下次再也不敢了!"武姑子吓得面如紫金,两个人不断磕头,口中连连求饶。和英、陈大勇听到刘罗锅吩咐后,不容分说就把王明拉出殿外,陈大勇找了根闩门的木棍,结结实实地打了王明二十五板,然后把他扔到了山门口。二人回到大殿两旁侍立。刘罗锅说:"武姑子,今有屈死的女鬼素姐告你,说你将她杀害,她的冤魂不散,阎王派小鬼捉拿你,没想到你自投罗网。在本神台前,从实招来!如有虚言,让你上刀山、下油锅!"和英、陈大勇一齐答应。武姑子吓得浑身打战似筛糠。

武姑子在地上连连磕头,口中说:"小尼的妹妹叫素姐,那几日住在莲花庵中。我妹夫姓张叫长保,在镇江那里做买卖。张立瞧见小尼容貌美,他就常常到庙中许愿,一来二去我们就熟悉了,那天他设计把小尼请到他家中,把用酒泡过的江米骗小尼吃下,趁小尼昏迷的时候,把小尼给强奸了。等我醒来后,一看生米也做成了熟饭。小尼万分无奈,被迫和他通奸。那天一更天的时候,张立到庙中看见我妹妹容貌好,立刻就起了歹心,要和我妹妹相好。素姐性子烈,不肯答应,还大骂张立,准备报官。张立一恼,拔出尖刀就杀了我妹妹。他让我把尸首埋在后院,他把那人头割下,说是要陷害他的仇人赵洪。不料那一天晚上,赵洪家有事,他下不了手,就把头扔在城隍庙前的井中。后来不知道怎么弄的,我妹妹的人头又到了刘知府的衙门。这就是实情。望城隍爷可怜小尼,拿张立问罪,给小尼一条生路。"刘罗锅轻轻咳嗽一声说:"判官,让她画押。"和英答应一声。诸事已毕后,罗锅轻轻地下了神台,和英、陈大勇也跟着溜了出去。

次日清晨,刘罗锅升堂后,吩咐朱文:"你速到城隍庙中,把王明与武姑子传来,当堂问话。"朱文答应,到城隍庙去找二人。一个时辰后,朱文把人带到堂下交差。刘罗锅在上面说:"武姑子,杀害素姐之事,你招还是不招?快些说来!"武姑子说:"大人,小尼没有杀人,叫我招什么?"刘大人微微冷笑,扭头叫和英:"快把口供给她看!"武姑子接过一瞧,才知中了计,后悔昨夜不该说实话,连连磕头求饶。刘罗锅又命人把张立带到堂上,刘罗锅说:"张立,武姑子已招,你还要狡辩吗?快说实话!"武姑子在一旁冲着他喊:"老娘招了!你强辩也无用!"张立一听,好似一盆凉水浇头。他叹了一口气,向上连连叩头:"大人在上,小的招就是了……"然后,他就把杀死素姐的过程说了一遍,和武姑子说的并无二样。刘罗锅接着问:"尸首现在何处?"张立说:"回大人,尸首现在莲花庵的后院中埋着呢!"刘罗锅追问:"你为何又将人头扔在井中,这是何故?"张立说:"大人,小人有一仇人叫赵洪,小人本指望将人头扔在他家院内,嫁祸给他。不想那一天晚上,他家人烟不断,未得下手,所以就扔在井中了。这就是实情,小的不敢撒谎。"刘罗锅吩咐书办记了口供,拿下去叫张立与武姑子画押,将张立与武姑子收监。

　　刘罗锅想惩戒一下王明,口中说:"王明,这就是你的差使:你就抱着那小孩跟着本府到高大人衙门交差。""是,小的是应当的。"王明是敢怒而不敢言,只得把他的小祖宗又抱起来了,在一旁伺候。刘罗锅带着一干人等,也就一刻钟的工夫就到了总督府。刘大人下了轿,对门房说:"与我通禀大人:就说城隍庙中的人头案,我刘墉已审问明白,现有口供在此。"说罢,递给门房,然后又把案件的详细经过说了一遍。门房官听完,手拿口供,找到高大人贴身仆人,又把情况说了一遍。高全把刘罗锅断案的结果递给了高宾。总督高宾接来仔细一看,不由地又惊又喜。喜的是:无头公案能断清楚,罗锅子的能耐大得很;惊的是:自己要是有事情犯到他手里,刘罗锅未必能容我。我何不打发他早日离开江宁府,省得我心中担心。我要找个机会上奏一本,保举刘墉往上升,这样就能去掉我一块心头病。

高宾想到这里,告诉下人来福:"快去告诉刘知府,你就说本督偶感风寒,暂且不能见他。"来福答应一声,来到门口把总督高宾的话转达了一遍。刘罗锅微微一笑,回身对王明说:"王明,这一个盐腌的孩子赏给你,算是你在庙内看武姑子的补偿。"

第二天早晨,刘罗锅刚刚升堂,忽然看见一个人走上堂来,跪在下面。

欲知后事如何,请听下回分解。

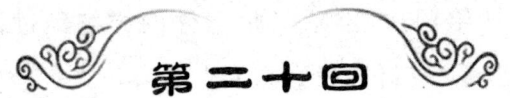

第二十回

 伸正义吴旺告吴仁

那人跪在下面说:"大人在上,小民名叫王可用,家住南关。南门外五道庙中死了个乞丐,小人特来报案。"刘罗锅说:"拿上来我看。"手下人接了过来,递给刘罗锅。只见上面写着:"小人王可用禀报大人,南关五道庙里面死了个乞丐,年纪约有五旬,身高四尺,身穿一件蓝布旧夹袄,腰中系一麻绳。地上放着一根竹杖,一个竹筐里面有一个破碗,除此之外没有别的物品。"刘罗锅看完吩咐一声:"快去备轿,本府要亲自查验。"书说简短,一行人来到了五道庙。

刘大人下了轿,立刻吩咐仵作李五去验尸。李五进了庙,站在死尸眼前,伸手去解衣纽,刚把大襟的纽扣解开,看见死者的怀中掖着一张纸。李五拿着这张纸,来到刘罗锅面前说:"大人,死尸怀中掉出一张纸,请大人过目。"刘罗锅一瞧,上面是首诗:"幼生的是野流,手提竹杖过江头。宿水餐风吟皓月,带露归来唱晚秋。两脚踏遍尘世界,一生历尽古今愁。从今不傍人门户,衔犬何劳吠不休?"刘罗锅看罢吩咐:"李五,再去庙内查验!"仵作忙又回到小庙中,死尸上下看了个遍,没有发现青肿与伤痕。仵作又回禀了刘罗锅。刘罗锅吩咐好生安葬死者,然后转身上轿回府。

轿夫正往前走,就听得有人大喊"冤枉、冤枉"。刘罗锅命令落轿,吩咐一声:"把喊冤之人带过来!"不多时,公差带进一个人,刘罗锅看这告状人:二十多岁的年纪,衣服褴褛,浑身都是灰土,手中高举状子。刘罗锅问:"你姓甚名谁,家住哪里,有什么冤屈,在本府面前从实说来,本府为你做主。"喊冤之人说:"大人在上,小人叫吴旺,家就住在江宁府。我有个族家兄弟叫吴祥,以贩卖绸缎为生,在北京和江宁之间做买卖。他有个弟弟叫吴仁,是个举人,我要告吴仁这个人面兽心的衣冠禽兽!他半夜杀害了他的亲兄长,自己一个人独占家产,对外说吴祥是暴病而亡。望大人明镜高悬,速拿吴仁。"说完,把状子递了过来,刘罗锅接过一看,和他说的没有差别。

刘罗锅问:"吴旺,吴仁半夜谋害他的兄长吴祥,你怎么知道?从实说来!"吴旺在轿前叩头,说:"大人在上,容小人回禀,吴祥九月初二从北京回来,二十七日的晚上,小的还与他饮酒,谈论买卖的事情,他还说托我给他办件事。二更天我们俩才散的,他就回家去了。今天早上,小人刚到吴祥家大门口,就听见里面号啕痛哭。小的问吴家管事张兴:'你们因何事一家痛哭?'张兴说:'我家大爷,昨晚二更多回的家,不一会的工夫,忽然就暴病而亡,所以痛哭。'小的一听这个话,心中似信不信。哪有这样怪事?我进屋一看里面的景象,实在令人可疑。按理说,吴祥就是暴病,也不该天亮就出殡,小人想吴仁一定是怕旁人看出破绽,明明是心中有鬼,所以小人我特意前来告状。望大人给小民做主。"刘罗锅说："既然如此,你前面带路,本府到坟茔查看,然后再传举人吴仁问口供。如有诬告,你的罪名可不轻!"吴旺急忙站起,前面带路。走了大概五里地,来到了吴祥的新坟前,刘罗锅命人去传吴仁到坟前问话。半个时辰左右,吴仁就来到了坟前。

刘罗锅一看此人头戴剪绒秋帽,身穿一件绸衫,脚下穿青缎子面的皂靴,也不过二十岁的年龄,一副书生样的打扮,鹰钩鼻子近视眼,眼眶处发青,一看这种人就是好色之徒。刘罗锅问："你就是此茔的坟主吴举人吗?吴旺告你半夜杀害兄长吴祥,自己独霸家产。对此事你有什么话说?"吴仁身体一躬,说："大人,不要听他一面之词,他是因为我没有借给他钱,心中怀恨,所以就以此为借口告我。我祖上曾做过官,小人自幼就常读孔孟之书,识得周公之礼,哪敢做出这种丧心病狂之事?望大人明察。"

刘大人一想,倒也在理,沉吟一下,吩咐陈大勇带原告吴旺过来问话。转眼间,吴旺就跪在了下面。刘罗锅对吴旺说："吴旺,你告举人吴仁杀死他兄长,图谋家产一事,本府刚才已经问过吴仁。他却说是因为你借贷不成诬告他。你怎么说?"吴旺叩头把话讲："朗朗乾坤有王法,小人我岂敢胡来?大人不要听吴仁的一面之词,他仗着大小衙门上下都熟,常常不遵守王法,做出伤天害理之事。如果吴祥要真是有病死的,小人我情愿当堂领罪。小人有一个请求,望大人找人刨开新坟,立刻就能见分晓。"

举人吴仁一听,也不等刘罗锅说话,马上就对吴旺喊:"你满口胡说!你拿大清律看看,坟也是轻易刨得的?别说我坟中无缘故,就是有缘故,要想这么空口说白话,刨我的坟也不能!既要刨,咱们须得立下字据。"吴旺说:"立就立,我心里无愧,怕什么?咱就立字据好了。"吴仁微微冷笑:"你算什么东西?你也配和我立字据!不值!吴旺呀,你真是个忘恩负义的东西!你想想,我何时曾亏待了你?你在大人面前诬告我,恩将仇报,一派小人行径。你这样做,心里就过意得去?"

刘罗锅一听吴仁的话里软硬全有,腹内暗自沉吟说:"吴仁呀,你错打主意了!你把本府也当作贪官之辈,本府岂是那样的人?"吴仁一看刘罗锅不言语,还以为他是想要银子,心中也越发得意起来。就在这个时候,刘罗锅开口说了话。

欲知后事如何,请听下回分解。

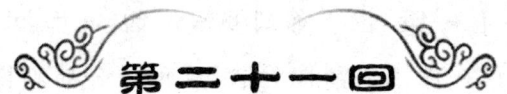

第二十一回

 查究竟叔嫂露破绽

罗锅恼在心中,脸上却带笑说:"吴举人,此事不必着急。依本府看来,你祖上做过官,你又是个举人,你岂能做出这样丧心病狂之事?这件事呢,依我本府看来,吴旺是没有借到钱,一时气愤才告你半夜三更杀害兄长,独霸家产。这件事,幸亏遇见本府,要是别人,你就难逃无事!你不必着急,本府自有公断。"吴仁一听,心里直笑,心说:"刘罗锅啊,平日尽听到你的公正廉洁了,原来也是想要钱,拿话语暗示我。"吴仁正想着呢,刘罗锅又问:"令兄得了什么病?贤侄说来听听。"

吴仁想了许久才说:"回大人,家兄得的是暴症,一来是体胖,再者饮酒太过,所以才病发无救,"刘罗锅又说:"令嫂多大年纪?身边有几个儿女?"吴仁说:"回大人,嫂嫂今年才二十四岁,有个女儿。"刘罗锅说:"把吴旺带回衙门。吴举人,你也跟我回趟衙门,了结此案,然后再回家。"然后吩咐回转府衙。回到府衙后,刘罗锅暗暗地把原告吴旺带进书房中又细细地问了一遍,然后吩咐张禄升堂。众衙役喊堂已毕,两边站立。刘爷罗锅拿起一只签子说:"王明,俯耳过来。"他低声吩咐："……这般如此，如此这般。"

王明来到翠花巷，到了吴家，见了赵氏说："吴旺告举人吴仁图财害命，杀害长兄。我家大人当堂一问，才知道是因为吴旺没有借到钱，怀恨在心，非要刨坟验尸。如今我们大人有两全其美的妙计。大人请你到衙门中当堂画押，证明你丈夫是病死的，你们再破费几两银子，不要让吴旺再告就可以了。"赵氏一听，十分欢喜，忙梳妆打扮，和王明一起来到府衙。王明来到堂前，跪倒在地说："小人奉大人命，今把赵氏传到。"赵氏则站在堂前。刘罗锅大喝："赵氏因何见官不跪？胆敢站立在公堂！"赵氏一惊，说："大人在上，奴家自幼不出闺门，并未到过公堂，不知见官的规矩。望大人宽恕。"说完，跪在下面。

刘罗锅说："赵氏，吴旺告你们叔嫂定计杀害吴祥。本府也曾问过吴仁，他说并无此事，都是吴旺向你们借钱，你们没借给他，他因此怀恨在心，找到机会才告到本府这来。这件事，本府与你们调解下，省得刨坟验尸。但不知你丈夫吴祥是得什么病死的？我好在文书上面写清。"赵氏不由大吃一惊，心想：这件事没有和小叔商量，也不知道他报的是何病？如果我们二人说的要是不一样，只怕罗锅翻脸不认人。赵氏为难多时才开口禀告："大人，我丈夫得的是心疼病，二更天后走的。"

刘罗锅一听，心中暗喜，两人供词不一样，明显地出现了破绽。他对书吏说："记上赵氏口供，让她画押！"书吏落笔。罗锅又吩咐带举人吴仁。不多时，吴仁来到堂前。他瞧见赵氏也在,不由得心中一惊。他故作镇静地对赵氏说:"嫂嫂,为何你也来到衙门?"他话还没说完,刘罗锅接上了话。说:"吴举人,你再说一遍,令兄是何病症而死?"吴仁说:"举人已经回禀过大人,家兄是饮酒过多,暴脱而死。"刘罗锅微微冷笑一声,扭头向书吏讲话:"你把赵氏方才的口供,递给他看。"书吏下来,把赵氏口供递给吴举人。吴仁接过一看,暗暗地跺脚,嘴上仍然狡辩:"回大人,家兄两样病都有,先是暴脱,复又添上心疼,这并不矛盾。"

刘罗锅在上面一声断喝:"你这个畜生!不要逞口舌之能,在本府的堂前强词夺理,你把刘某当作何人?倚仗你是个举人,就无法无天。你岂不知王子犯法,与庶民同罪!"大人说罢,扭头朝书吏说:"速作文书一封,发到府学,先将他顶戴革了,本府好好动刑审问这个畜生!"书吏马上作书一封,不多时,回文已到。刘罗锅吩咐一声:"将顶子摘去!"吴仁一看,不情愿地跪在下面。刘罗锅一声大喝:"吴仁,吴祥到底是怎么死的?快快从实招来!但有一句假话,小心你的狗命!"吴仁在下面磕头:"回大人,家兄就是暴脱死,妇道人家不晓得病情。望大人明镜高悬,不要冤枉小人。"刘罗锅气愤不过:"吴仁,我看你是不撞南墙不回头,不到黄河不死心。左右,大刑伺候!"左右答应一声,刚给吴仁上上刑,吴仁"哎哟"一声就晕了过去。衙役冲他脸喷了一口水,过了一会睁开眼,他咬紧牙关:"小人并没有杀人,你这是严刑逼供,你要是这样,就是夹死我也这样说!"

刘公案

刘罗锅公堂审人犯

刘罗锅一看吴仁死不开口，决定审问赵氏，从她口中问出实情。刘罗锅问："赵氏，你夫吴祥到底是怎么死的？"赵氏向上磕头："大人，小妇人一来年轻，二来又不晓医道，只看见我丈夫吴祥昨天晚上二更天回的家，进门就一头躺在床上，人事不省。小妇人问他，他也不言语。三更时候就死了。小妇人见他临死时两只手捂着心口，所以我就禀报大人说是心疼而死的。"刘罗锅一看俩人都不开口，一时之间也没有办法，他让人把他们两人带下堂去看守，然后吩咐退堂，自己则回书房去了。

刘罗锅坐在书房一面喝着茶，一面低头寻思案件。突然他决定如此办理。刘罗锅对张禄说："张禄，你快去找几件马夫的破衣服，一顶毡帽，本府有用。"张禄答应一声，不多时，就把东西都找来了，让刘罗锅过目，刘罗锅吩咐张禄帮他换上马夫的行头，告诉张禄："禄儿，今日我有公干要出去，你千万别走漏风声。吴仁和赵氏叔嫂合谋，在公堂给他们上刑都不招供。本府如果没有真凭实据，又不能随便刨坟验尸，我要出衙打探案情，愿苍天保佑早日破案，让死者安心地过奈何桥。我最多三天就能回来，你告诉别人，就说本府有病，不能升堂办案。你要切记！"

欲知后事如何，请听下回分解。

第二十二回
明案情知府大劈棺

说话间太阳就落了下去,刘罗锅从后门出来,出门一直向南,很快就出了江宁府,直奔五里堡而来。刘罗锅看到路西有一座店面,只听里面有说笑声。大人走进去,对掌柜的说:"给我烫二两酒,来个小菜。"他的话音刚落,就看见一个人晃晃荡荡地进了店。书中暗表,他叫吴二,整天游手好闲,偷鸡盗狗,不务正业。吴二来到屋中,抓起骰子,大呼小叫,吆五喝六赌了起来。约到一更的时候,忽然阴云密布,一会就淋淋漓漓下起雨来。刘罗锅对掌柜的说:"掌柜,今晚天降大雨,路上难行走,我想在你这里暂住一晚。"掌柜说:"你就尽管在这里住下好了。"说话的工夫,就听见吴二在里面喊:"掌柜的,借我几百文钱。明日一早必还你,我要撒谎就不是人!"掌柜老冯摆手说没有。吴二一听心里就有气,瞅着那帮人:"你们全都走了吧,二爷我要睡觉!"吴二把钱输了个精光,心里不痛快,扭头高声叫掌柜:"老冯,给我来壶酒,再弄几个菜,大爷我要解解乏!"

老冯一听无可奈何,只能给他弄了一壶酒,几个菜,放在竹床上面。吴二喝了一壶,又拿过一壶来。一会的工夫,他的舌头就有点不利索了。他斜了一眼老冯,嘴里面说:"老冯,我告诉你,我昨天晚上遇到一件奇怪事,我的心中没有想明白,你帮我琢磨琢磨。我昨天没有钱花了,晚上准备去吴举人家偷点东西换点钱。二更天的时候,我翻墙进了院子,只见西厢房内亮着灯,我走了过去,舔破窗纸向里面看,只瞧见床上躺着一个醉汉,一个妇人手拿一个竹筒,地下有个男子把个瓷瓶递给那个妇人,不知道里边放的是何物。又见妇人一伸手,把醉汉搂在怀中。她背着身子脸朝里,我在外面看不清楚她做了什么。只是听见床上醉汉大喊一声,拼命地手刨脚蹬。闹够了一会就不动了。妇人这才下了床,告诉地下那个男子:'你先暂时躲出去'。我本想等着他们睡觉再下手,谁知道一会房中就嚷了起来:"大爷暴病了!"不一会,那个男子又来了,还有几名男女,他们一齐哭喊,我一看这样没法下手,赌气回到破庙中。等天亮的时候,我就出了城。"

　　刘罗锅本来正要睡觉,一听吴二的话,立刻来了精神。他听完后,暗自沉思:事情原来是这样的啊,终于让本府找到证据了,我明早要刨坟验尸,将吴仁和赵氏绳之以法。想到这里,他安心地睡了。第二天一早,刘罗锅回到府衙,吩咐张禄:"你快去让人把吴仁叔嫂也带着,还有原告吴旺,本府今天要去到五里堡吴家坟茔刨坟验尸!"张禄马上按照吩咐去做了。很快一行人就到了坟前。刘罗锅命人马上刨开吴祥的坟。

众人刚要动手的时候,就看见一个衙役打扮的人走到刘罗锅的面前说:"大人,小的是高大人派来送一封书信的,请大人过目。"书中暗表,这是举人吴仁派家丁去到亲戚家打通关节,把情况告诉高宾,让他帮忙,所以才有这封书信。

刘罗锅接过书信,撕开一看,只见上面写着:"刘大人面阅:举人吴仁的案子,虽然被告是屈情,你可不必深究,当众验尸不合常理。举人与高某最相好,再者,他的祖父也做过官。总而言之一句话,望刘公速定此案。"刘罗锅看完,暗暗地骂:高宾以大压小,我刘某就是不做江宁府,也要验出死者死亡的真正原因,连你一齐奏明圣上。"刘罗锅对来人说:"你回禀你家大人,就说刘某知道了。"来人答应一声,回去报信去了。

吴仁一看要刨坟验尸,立刻吓得肝胆欲裂,心里好像十五个水桶——七上八下。他看见一帮人一齐动手,拿出棺材,撬起钉子,每做一个动作,他心就哆嗦一下,感到头皮发麻,灵魂出了壳。一袋烟的工夫,手下人把吴祥的尸首抬了出来,放在芦席上面。刘罗锅喊了一声:"仵作,快去死尸身上细细地查验,不许粗心。"仵作转身又去验了。吴仁一捅赵氏,叔嫂二人立刻哭了起来。刘罗锅一看马上喊:"带到一旁,不许啼哭!"二人一听,将哭声止住,心中甚是害怕,浑身乱颤。

再说仵作,李五手中拿一根象牙筷子,走至死尸旁边站立,口噙上水,照着死人身上喷了几下,然后又往尸体上倒了十几碗,这才上下仔细看。仵作手拿筷子从头到脚,从上到下一处不漏地查验了一遍,然后转身跪在地上说:"大人,小人把死尸周身都验到了,没有发现伤痕,真是病死的。"刘罗锅说:"这必是你验得不到,再去重验!如若粗心,本府决不轻饶!"仵作答应,又去查验。吴仁一听,心中马上就稳当了下来,也增加了不少底气。他微微冷笑一声:"大人,天下事都大不过一个'理'字,您不能只听吴旺的一面之词,随便地就把人家的坟刨开验尸。你这是倚仗官威欺压小民,小民一定会向总督大人告状的!"吴仁的话刚说完,赵氏用手指着刘罗锅:"你这个贪官!收了别人多少好处,硬把我夫君从坟里面刨出,让他死后都不得安生,你是何居心!你就是欺负我是个妇道人家。我现在没有办法向我死去的夫君交代,也罢,你把我和我夫君一起埋了好了!"说完,又哭又闹地要往坟里面跳。围观的百姓听到他们二人的话,都纷纷指指点点,说什么的都有。

刘罗锅正在左右为难之时,忽然看见坟外走进一人来,头上戴着一顶老样的高帽,身穿一件天蓝绸棉袍,外套一个青绸子棉褂,脚穿一双青缎子方脑皂靴,年纪大概五旬开外,大摇大摆地就来到大人公案前站住,嘴里面说:"大人在上,门生有礼。"刘罗锅一看他,就知是个穷酸秀才,问他:"你有何事,擅自到此?"只听那人说:"大人在上,生员姓朱名亮,我和吴仁是亲戚。常言说得好,路不平有人踩,水不平有人填。请问大人,死者身上可有伤痕?今天大人无故开棺,大人行事理不通!"

欲知后事如何,请听下回分解。

第二十三回
害长兄叔嫂暗通奸

刘罗锅一听朱亮这话,大喝一声:"狂生,本府之事岂容你管?你不过是个酸秀才,你若不退下,至圣先师(即孔子)决不能容你!"刘罗锅扭头吩咐众手下:"将他掐出去!"衙役们捋胳膊,挽袖子,掐住他的脖子往外就推。衙役正往外推朱亮之时,又听赵氏大哭大喊:"贪官,你要了我的命好了,我可不活了!我们夫妻一场,怎能让他的尸体这样让人摆弄?让我在九泉之下有何面目去见他?"她一边哭喊,还满地直打滚。刘罗锅心里也是忐忑不安,默默祈祷仵作一定要找出死因,不然自己的麻烦可就大了。

仵作奉了刘罗锅之命,只得又来到死尸跟前,复又细细验了一遍。仍然没有查出伤痕,只能回到刘罗锅面前跪倒:"大人,小人又去仔细验了一遍,实在验不出伤来。小人若有粗心,情愿领死,"刘罗锅一听,心中立刻一哆嗦,再也坐不住了,站起身来,对仵作说:"待本府亲自去验。"说罢,来到了死尸的跟前站住,仵作又用筷子指给他看,那处是头,那处是脚,如果有伤,会有什么症状。朱亮在外面冷笑:"大人,死尸到底有伤无伤？这样混闹，真是有辱斯文，丢尽了读书人的脸面！"朱亮的话还没说完，就看见赵氏直奔刘罗锅，跑到跟前抓住刘罗锅，又哭又闹。吴仁和朱亮忙赶过来阻拦。

　　话说他男女三人不容分说，拉扯着刘罗锅往坟外走，嚷嚷着要到高大人的衙门去讲。刘罗锅嘴里说："这还了得！你们敢揪朝廷命官，反了，反了！"朱秀才回应："既是朝廷命臣，就更要讲理。无缘无故地硬刨开人家的坟开棺验尸，死者又无伤痕，请问大人，你有没有凭据？我实在看不下去了，要打抱不平！"手下人连忙把刘罗锅给拉了出来。刘罗锅还没有说话，就看见人群中挤进一人来，高声喊："朱亮！你打抱不平，我还要打抱不平呢！"刘罗锅一看，正是昨日酒铺中见的那个吴二。刘罗锅心中暗想：他来出头，这件事倒有了转机，本府要看看他怎么说。

　　吴二一手揪住朱亮说："你这个王八蛋！你和吴仁一起串通杀害吴祥，侮辱长官，你哪里知道你做的事情我亲眼看见！我告诉你，昨晚我去他们家，我在窗外站着，把窗户纸舔破，向屋里一看——那个小女人和地上那个男的，他们说了几句话，我在窗外也听不太真。说完了话，那个女人就把床上躺着的那男子的脖子搂住，手里还拿着一根三尺多长、核桃粗的二条木棍子，南边站着那个男人递过个瓷瓶子，他们俩身子把我挡住了，然后床上那个男的扑腾几下就死了。这是我亲眼所见的，不会有错，我做定了见证！"吴仁、朱亮一听，俩人立刻过来就要教训吴二。吴二也不甘示弱，攥紧拳头,朝两人招呼过去,三个人打在一起,场面一时混乱不堪。

刘罗锅一看时机成熟,一声大喝:"全都给我住手,跪下!"衙役过来把三人拉开,带到他的面前跪下。刘罗锅问:"吴二,本府问你:吴宅这件事情,你没有看错?那为何本府两次查验,都无破绽?再者,你说瓷瓶,想来应该是毒药。既是毒药害死,为何死者七窍内又不见绿红,全身也不发紫,这又是为什么?"吴二说:"我哪里知道,当时这个妇人用身体挡住了我,我看不到她怎么把人弄死的,我也不知道为什么没验出伤,难道还要用刀子把死者的肚子挑开吗?"吴二话音刚落,刘罗锅猛然省悟。

刘罗锅吩咐李五:"仵作,你快将死尸肚腹豁开看看,今日要明此案,必须用刀将死人肚腹豁开,方能明白……"刘罗锅的话还没说完,就听得吴仁、朱亮一齐喊:"好你个贪官!擅自将坟刨开,开棺材验尸就够狠的了,你现在要开膛破肚!你还有点人性没?"赵氏在一旁添油加醋,哭着说:"我男人犯了什么罪过,死后让人翻尸捣骨,还要开膛?"她假意哭喊不止。

仵作用手上尖刀把死人的肚腹挑开,将五脏取出,细细验看多时,并没发现特别之处。他转身来到回禀刘罗锅:"大人,小人把五脏已经验明,实在是没有看出伤。"刘罗锅一听,汗当时就下来了,如坐针毡,浑身都不自在。吴仁叔嫂和狂生朱亮三人一听仵作说仍然没有伤,越发地不依不饶,嘴里嚷:"好贪官!你收了人家多少银子!你枉为知府,这样胆大胡为,岂不有负当今圣上的美意!"

罗锅一听仵作的话,心都凉了一半,暗说:此事可真够要命的。仵作三次都没有验出伤来,如果真没有查出死因,叫我怎样对人交代?我丢官罢职倒是小事,有辱家门却是大事。想当初,我父为当朝宰相,那是何等的威风!(刘罗锅的父亲刘统勋,在乾隆时期担任过大学士)没有想到在江宁遇到这样的怪事,此事叫我如何办?就是神仙也不能。"

他心里着急,低头想了一会,抬头问吴二:"本府方才令人将死尸肚腹挑开,验看五脏,也没有查出伤痕。这可如何是好?"吴二说:"这就难办了!这明明是小人我亲眼看见的,可是那个妇人的身子挡住了我,我没有看见他怎样害死的。这可怎么办呢?难道说把肠子翻出来看看不成?"吴二一句无心话,倒把刘罗锅给提醒了。刘罗锅喊:"仵作,快把肠子豁开了看!"仵作答应一声,又来到了死尸的面前,把尖刀擦了擦,在死尸的肠子上面一挑,只听"吱喽"一声,一条一尺多长的菜花蛇死在里面!百姓当时就有人呕吐不止!

刘罗锅一见,气往上顶:"好个奸贼!你们做得好事!"转头大喊一声:"带他们三人过来,本府要问话,预备刑具!"手下人答应,将带来的刑具夹棍等都放在地上。刘罗锅吩咐手下:"先把这万恶的吴仁夹起来,然后再将无耻的淫妇赵氏夹指!"衙役齐声答应,不由分说,马上就给他们二人上刑。吴仁、赵氏当时就背过气,手下人用凉水喷醒,刘罗锅问:"你们还有什么分辩?从实招来!如有虚言,管叫你的狗命难逃!"

赵氏哪里受得了这种苦,首先讲了出来:"大人在上,犯妇的男人吴祥娶我还没三个月,他就上北京做买卖去了。五年的光景,总不见他回家。我和小叔吴仁日久生情,勾搭成奸有四年了,忽然上个月我丈夫吴祥从北京回来了。我和小叔怕我俩的事情败露,决定杀害吴祥。可我们思来想去,却总没有找到一个好的办法。一天,我在花园之中闲游,猛然看见树底下有一条小蛇在游动,犯妇一见马上就有了主意,连忙用瓷瓶将它装起。这是九月十一日。我终日喂养这条蛇,不过始终没有找到机会下手。等到了昨天二更以后,我丈夫大醉而归,进门就倒在床上,人事不省。我一看机会来了,马上就叫小叔吴仁进房,他把那个瓷瓶递给我,我搂住吴祥的脖子,用二尺多长的竹筒,将蛇装在竹筒里边,那头儿插在醉汉的嘴内,这头儿,再用一根点着的香,顺着竹筒向长蛇尾巴上一烧,那蛇疼痛难忍,自然向那头逃生,所以才钻入醉汉的咽喉,直入五脏,外边又看不见伤,我丈夫就是这样死的。"大人闻听赵氏之言,气得眉上生烟。

刘罗锅听完赵氏的话,将牙咬得嘎嘎直响:"你这恶妇真是世间少有,剐了你都算轻!"刘罗锅又问吴仁,"你还有什么话说?"吴仁只是在地上直磕头,连连求大人饶命。刘罗锅提起笔,在卷宗上写下:举人吴仁与嫂通奸谋害兄长,其行为令人发指,斩立决;赵氏伤天害理,罪应凌迟;秀才朱亮多管闲事,重打三十板,枷号两月;吴二打抱不平,赏白银五十两,从今后要弃恶从善。

百姓们看到刘罗锅断案后,无不称奇,都说这位刘罗锅实在令人可敬可畏。又过了几日,刘罗锅正在堂上处理公事,就听见大门口有人大喊"青天大老爷,小人冤枉!"

欲知后事如何,请听下回分解。

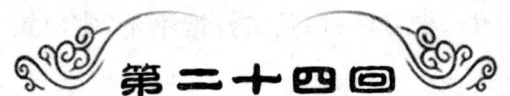

第二十四回

 杨武举仗义遭陷害

等到二人跪在堂下,刘罗锅问:"你们二人是哪里人,为何事来到公堂之上?一个一个地说,不许争词强辩,不许胡言乱语!"那一个年长些的首先说:"大人,小人家住句容县,姓盛名公甫,今年六十四岁。开了一个小旅店,童叟无欺。上月二十三日,这位客人进了我的店,行囊沉重,一看就带了不少银子。小人一问他的来历,得知他家住太原府,靠贩卖绸绫为生,准备在我这里住一夜,第二天一早就走。小人告诉他在西北玉皇太庙古禅林方向出了一伙强人,这伙人专门打劫来往的客商。客人一听,拉着骡子就要走,小人把他给拦住了。他看见我拦住他就问:'你为何不放我走呢?'我说:'上个月来了两个客人,也是听到我的话就走了,结果在半路上让贼人给追上,结果人财两空。如果你现在就要走,他们也会随后赶上,你的性命还是难保。我倒是有个主意,在前边十五里的杨家庄有我两个表弟,哥哥杨文炳,兄弟杨文芳,两个人俱都是武举出身,膂力过人,浑身的武艺,平生喜爱打抱不平,怕软不怕硬。我现在给他俩写一封书信,你拿着书信到他家说明情况,他们会确保你没有事的。'这客人就让小人写了一封书信,他揣在怀内,骑上骡子,出了店就奔杨家庄去了。

那天天刚刚黑,就来了二十个贼人,进了店就问小人说:'有个骑骡子的人,在你这里歇了一歇,你见了没有?'小人说:"方才倒有个骑黑骡子,到这歇歇就走了。他去前边杨家庄杨武举家了。'贼人说:'往那里去,难道我们就不去了?'然后,他们一帮人全都出店,奔杨家庄方向去了。"

刘罗锅听到这里,又问那个客人:"你叫什么名字,哪里人,到了杨家庄没有?那里又发生何事?在本府面前快讲。"客人答应:"太爷,小人家住太原府,名叫王自顺,今年四十九岁,以贩运丝绸为生,最近赚了一笔钱,正准备回家探望妻子老母。那天小人听到盛店主所说的情况,我立刻就去投奔杨家庄他表弟家中。杨家兄弟看过书信后,将小人留下,满口答应确保小人无事,然后留小人在那里喝酒吃饭。三更天的时候,贼人就到了杨家,把大门敲得山响,把我们都给震醒了。杨家武举弟兄二人吩咐家人在大厅上点起灯烛,打开大门,把那伙贼人带到大厅之上。小人悄悄地溜了出来,躲在照壁后面。

小人听见杨文炳问:'你们到这里来干什么?有话对我说好了。'贼首高声喊:'我们都是绿林好汉,专劫客商。方才手下兄弟告诉我,说你这里来了个客商,正是我们要找的人,你如果把他交出来,我们二话不说,立刻走人。'杨文炳说:'诸位,买卖之人出门在外不容易,何苦和他过不去?我看诸位都是英雄好汉,好汉的本色是济困扶危,疏财仗义。今天你们既然来到舍下,咱们见面就是缘分。在下这里有八百两的微礼,拿去给弟兄们喝酒用,别让兄弟们大老远的白跑一趟。我心里过意不去。'贼首一听,说:'姓杨的,你给大爷我听好了,我们来到此处,你就该老老实实地交出人。你不识抬举,反倒拿出几百银子,谁都知道你家是方圆几十里的大户,这点银子对你来说不过九牛一毛,你这样不是明摆着看不起我们弟兄们吗?今天我们弟兄既然把话说了出去,就必须要找到那个人,我劝你还是乖乖地交出来为好,不然大爷就给你点颜色看看!。

杨文柄一听,怒气冲冲地说:'你不要信口开河,满嘴喷粪!我告诉你快死了这条心好了。我好意赏你们几两银子回去,对你们就是有天高地厚之恩,你们反倒不识抬举,实话告诉你们:人也有,银子也有,只怕你们要不去!'只见那伙贼人当时就翻了脸,拔出兵刃就朝杨家兄弟砍了过去。两方当时就动了手,杨家弟兄果然好武艺,就看他们两人施展功夫,首先砍倒两个贼人,并且力敌十几个贼人。贼人渐渐地抵挡不住,就想找个时机跑出去。杨家仆人一看这个机会,想一网打尽这伙贼人。杨文炳心怀仗义,高声叱咤贼人:'论正理,应该把你们拿住送往官府治罪,但是看在你们并没有惊动我村的份上,我给你们条生路走,你们回去要好好做人,洗心革面,不要再干这种营生。如若下次让我遇到,定要把你们送往官府!'贼人一听,马上灰溜溜地走了。小人出来感谢杨家兄弟的救命之恩。

第二天早晨,小人告辞,杨家兄弟二人出门相送,小人骑上骡子准备回家。小人害怕贼人还会再来,小人想打听清楚贼人的下落再回家,于是小人我又回到盛家客栈,盛店主答应帮我打听消息。第二天,果然就出了事情,头天夜里,两颗人头扔在杨家院里,杨文柄兄弟俩赶紧向衙门报案。谁知道那个知县硬说是杨武举杀人,不由辩解就让他兄弟招供,杨家兄弟没有做过,哪能招供?结果县官就把二人关入牢房。等到了二十五日,杨家一门老少二十四人全部被杀害!求大人给他们做主!"王自顺说完就一个劲地磕头。刘罗锅说:"王自顺,你二人先下去把状子写上,待本府提句容县令、杨家弟兄到这里,一并审理。"两个人磕头站起,下去补状子去了。刘罗锅继续说:"来人,拿我的帖子,到句容县把知县胡有礼和杨家兄弟一齐提来,本府要亲自过问此事。"

　　第二天正午的时候,下役回话:"禀大人:句容县知县与杨武举都已提到,请大人示下。"刘罗锅吩咐:"带句容县知县、杨武举当堂问话。"句容县知县、杨家弟兄三人就来到了堂下。知县胡有礼忙过来行礼,然后躬身在一旁站着,杨家兄弟跪在下面。刘罗锅问:"堂下所跪之人听好了,你们姓甚名谁,家住什么地方,因何事遭人陷害?把事情原原本本地向本府交代清楚,如有虚言,决不轻饶!"

　　欲知后事如何,请听下回分解。

第二十五回

官匪暗勾连共为虐

　　杨文炳首先说："大人，我叫杨文炳，家住句容县杨家庄，二弟杨文芳。我们兄弟二人平时和人没有瓜葛，每日就是在家中练习刀枪弓箭。九月二十三日，天色将晓，表兄盛公甫怕客商被贼人打劫，因此他写封书信，叫王自顺来找我们，我们兄弟平时就喜欢打抱不平，所以就把他留了下来。当晚三更时分，贼人上我这里来要人，我好言相劝，准备拿出八百两银子平息此事。可是他们就是不听，没有办法之下，我们只好动手，我兄弟二人一动手就砍翻两个贼人，其余贼人一看，当时就想逃。我本想一起拿住他们送到衙门问罪，但转念一想，一来他们没有打劫成，伤害人命；二是惧怕其他贼寇拿杨家庄的百姓出气，牵连到无辜百姓，所以才动了恻隐之心，把他们放走了。谁知反生祸害。二十四日晚上，我在睡梦之中就听'咕咚'一声，一个蓝包袱掉在我的窗外。我出去一看，里面是两颗血淋淋的人头！我们兄弟知道这是贼人栽赃，所以二十五日一早，我们兄弟赶紧到衙门报案。谁知县太爷一口咬定我们兄弟将人杀死，在堂前让我们招认，我们不管如何解释，他就是不听。第二天一早，有人告诉我，我们一家二十四口都被贼人杀死,我们兄弟俩是欲哭无泪,有冤不能伸。今天幸亏大人提审,我们如同看见了青天一样,求大人赶紧抓住贼人,给我们兄弟俩做主,让我们家死去的二十四人能够安息,他们在地下要是知道的话,也会感激大人的。"杨文炳说完,在地上砰砰地磕头,一会头就肿了。

刘罗锅一回头,望着句容县知县胡有礼说:"句容县,你来这里有多少日子了?"胡有礼说:"卑职当初任的是主簿,候补六合县的县丞。现在句容县的知县丁忧,卑职在此主事不足三个月。"刘罗锅又问:"你是一榜,还是两榜呢?"知县胡有礼说:"卑职是监生出身。"刘罗锅说:"原来是个捐纳呀!本府问你,杨举人兄弟到县报案,你是怎么个问法?在本官面前讲来。"胡有礼说:"回大人,杨举人到卑职衙门报案,说是九月二十四日夜间,听得院中响亮,出屋观看,瞧见一个包袱,包着两颗人头,又把二十三日之事说了一遍。卑职一想,这事情很明显,他兄弟两个把人杀了,将尸体藏了起来,企图蒙混过关。但是他们二人死活不肯承认。"刘罗锅一听心中大怒,把惊堂木一拍:"哇!你净满口胡说!哪有自己杀了人,倒把人头拿到衙门报案?岂有此理!他二人既然能将尸首藏起,难道说不会将人头藏起吗?再者,即使是他们杀的人,你也该查出凶器、尸首,方可定罪,这两样都没有,你就把他弟兄关进牢房。你不放他二人回家,这二十四条人命,就生生死在你的手上!"刘罗锅说话间就翻了脸,用手一指:"句容县,在本府面前花言巧语没用,你应该知道刘某的为人,快说实话!"

胡有礼连忙解释："大人,卑职怕他们到别处去告,留他在衙中住下,准备第二天派人打听贼人下落,拿住他们当堂对质,这样事情就能水落石出。"刘罗锅大怒,口中大喝："胡说!想用这样的话欺瞒本府!你留下杨家弟兄,这是二十五日事情,他的家口被人杀害,是二十六日天明的事情,隔了一夜,你怎么就知道贼人杀了杨家人?本府不懂,你给本官细细讲来!"一席话说得胡有礼默不作声。刘罗锅一看更是来气,手拍惊堂木大喊："胡有礼,你今日要不说实话,本府如今动大刑!就算眼下夹死你,最多不过是本府上奏一本就完事。你可知,本府是太后的义子!"说着吩咐下人："来人,摘去他的乌纱帽,夹棍伺候!"胡有礼一见,把头磕得砰砰直响,嘴里直求饶。

刘罗锅转头问武举："杨家兄弟,知县扣住你们兄弟俩,他一定有说过什么,不必害怕只管说,本府为你们做主。"杨文炳说："大人,我们弟兄到衙门报案,他在公堂上非要我们承认杀人之事。我们咬紧牙关没有承认。他一看我们不承认,就命人把我们带到班房。等了一会,牢头吴信进来了,他递了个眼色,把人都支出去了。他对我们兄弟说:'杨爷,你兄弟二人摊上这宗人命官司,有点麻烦,你们得破费点。如果你们肯拿出五千两银子,我帮你们上下疏通打点,把这件事情给摆平,你们二位意下如何?我们兄弟商量半天,决定拿出二千纹银,可是他们就是不松口。最后我们兄弟急了,说:'就有二千两,你们愿要不要!'这就是以往的经过,望大人明察!"

刘罗锅叫声："胡有礼！你手下的这个吴信，想来是给你做过不少这样的事情吧？这是第几次了？句容县的百姓，也不知道被你害过的有多少人。本府若不为民除害，我就对不住万岁爷的恩典！"胡有礼听见，吓得连连磕头："大人开恩，卑职一时糊涂，这是头一次，下官听信了吴信的话，是他让下官狠狠地敲上杨家兄弟一笔才放人，我一时糊涂，就答应了这件事情。如果当时把杨家兄弟放了，哪里会有今天这事？"刘罗锅暗自沉吟：若要擒拿贼人，必须要传吴信到衙门。想到这里，他吩咐衙役："朱文，周成！你二人快去句容县，捉拿吴信，务必明日午时带到堂前，不得有误！"书吏和英急忙把票写下，公差接过，下堂拿人去了。刘罗锅在上面又说："来人，将知县胡有礼押起来，等明日再审。杨家兄弟无罪，当堂开释，退堂！"

一夜无话，第二天清晨，朱文、周成就把吴信带到堂下，准备交差。刘罗锅吩咐一声："带吴信！"不多时，吴信就跪在了堂下，知县胡有礼一旁跪着。

欲知后事如何，请听下回分解。

第二十六回
刘罗锅设计赚赃银

刘罗锅说:"吴信,我问你:杨家之事实情到底如何,快在本府面前讲清楚,省得身体受官刑!"吴信一看知县胡有礼也跪在堂上,心里马上就知道事情败露,说:"大人,杨家弟兄拿着人头来投案。小人一想这是千载难逢的事,杨家家大业大,五里三村全知道,如果有了人命官司,还怕杨家不花银子?小人回禀知县,提出敲诈他五千两银子的想法。不过杨家兄弟死活不给,故此没有把他们放回去。我想磨了他的火气,自然愿意花银子打点。小的没拿他们一两银子。求大人宽恕,小的感激不尽。"说罢不住地磕头。

刘罗锅微微冷笑,说:"吴信,你当过下役,自然知道如何欺上瞒下,但休想欺骗本府。来人,快带吴信所在村子的地方上堂,本府当堂问口供!"差人答应住外跑,一会就把人带到堂下,地方报了自己的名字。刘罗锅问:"你在本府面前从实讲,吴信是否收过银子?不用怕,只管讲,如果有一字不实我就动刑。"地方说:"大人,若提起吴信,他常年在衙门里当差。在县太爷面前很得宠。常给知县弄银子,知县哪能不给他银子?他常欺压村中老少。最近家中常常有一伙人,夜里聚合,天明散去,不知道是干什么的。依我看多半是一伙强盗。"刘罗锅一听心欢喜,心说:"杀杨家就是这伙人!"

刘罗锅问:"你们白沙屯村内可有座玉皇庙吗?"地方回答:"回大人,有座玉皇庙,可不在村内,在白沙屯东北。离白沙屯有数里之遥,因为这几年被沙子掩埋,那买卖也不能做,百姓难以居住,到而今,就只剩下那座玉皇大殿。"刘罗锅点了点头,又问吴信:"吴信,你家中常来的那些人,都是做什么的?从实说来!"吴信说:"回大人,他说小的家中有人来往,大人就信;小的要说杨武举的合家全是他杀的,不知大人信不信?俗言说:破鼓众人捶,今日大人因为杨家之事,审问小的,他就添油加醋,诬陷小的,大人就信以为真,这不冤枉小的吗?"刘罗锅说:"吴信,你是说本府听了他的话,冤枉了你。我看你是不打不招,来人,看夹棍!"衙役过来上了夹棍,两边一齐用力,只听吴信"哎哟"一声就昏死过去。衙役含了口凉水,照着吴信面门喷了过去,吴信"哎哟"缓过气。刘爷座上高声叫:"快招!你家中来往都是何人?"吴信知道自己所犯之事是死罪,坚决不能开口。他说:"没有这种事,大人为何叫小人硬招?你偏心只把杨家护,就是夹死小人也不认,如果夹死小的岂不毁了大人一世清明?"说着不住连叩头,眼中还带着泪痕。

刘罗锅心里把吴信一顿骂:"你不招就是图活命,也不过多活一刻。"他吩咐两边:"暂且押下,本官自有办法让你招认,退堂!"刘罗锅回到书房坐下,吩咐张禄去传陈大勇。不多时,陈大勇在一旁站立,说:"大人叫小的何事?"刘罗锅说:

"大勇,你同举人杨文炳速到吴信家中,这般如此,如此这般,不可耽误。"陈大勇出来后,找到杨文炳说:"大人方才吩咐:你我二人随地方到吴信家中,这般如此,快去快回。"三人来到大门外,认镫扳鞍上马直奔白沙屯方向而去。进村走到吴信的门口下了马,找到地方,地方领着二人到吴信的客厅坐下,叫过一个长工说:"你进去告诉你们家主人,就说我从江宁府来,有要紧的话来说,一定要见。"那人闻听,连忙进内。

再说吴信的妻子王氏,前日听见丈夫被江宁府的差人提去,在家中总是提心吊胆。正坐在房中思索,忽听见长工在窗外说:"地方崔大哥说他打江宁府回来,有要紧话要讲。"王氏闻听,满心欢喜,在房内说:"你就把崔大哥请进来罢,有话好说。"崔明走进房内说:"大嫂,吴哥的为人我知道,仗义疏财。现在有人在江宁告他窝藏绿林,大人当堂问口供。我哥只说无此事,只是要里外打点,需要二百两纹银。因此大哥求我到家中取银子。"王氏一听,急忙从箱中取出四封银子,又嘱咐了崔明几句。崔明说:"外面还有江宁府的二位头目,跟了我来一同取银子,这两个人和我哥是莫逆之交,进来的时候还叫我问好,只顾和嫂嫂说话,都忘记说了!"

崔明出来将银子递给陈大勇,杨文炳一看,口中连叫:"你瞧来,这四封银子都是我的!"陈大勇带笑说:"杨爷,你为何知是你家的银子?"杨文炳说:"陈爷你看,我家的银子有记号,有我的亲笔花押。银子既然在他家内,一定有原因。"大勇闻听直笑:"杨爷,你好糊涂! 大人因为吴信不招,故意设计,令咱三人拿出银子就可辨其中的真假。老爷想他坐地分赃，想来分的也不少，故此和他要四封银子。他既然拿出，想来还有。你既认准是你家的银子，吴信和盗寇相连不假，贼人下落可得，你的冤仇可报，咱们快去回禀大人吧。"二人出门上了马，杨文炳心里着急，不断挥鞭打马，傍晚时分回到了江宁府衙。

　　第二天，刘罗锅找陈大勇打听昨天的事情。陈大勇说："小的奉大人之命，一同武举杨文炳、白沙屯地方崔明三个人，到了吴信的家中，照着大人吩咐的话，讲了一遍。果然不出大人所料，他妻子拿出四封银子。杨文炳一见，就说是他家的四封银，上面的花押未动，是他自己的笔迹。小的同他回来，见大人交差。"刘罗锅听完点头，吩咐他好好回去休息。然后吩咐下人："告诉外边，本府要立刻升堂。"

　　欲知后事如何，请听下回分解。

刘罗锅设计赚赃银

第二十七回
吴信招供终言真相

外面衙役连忙升堂,刘罗锅坐在上面,吩咐衙役:"带句容县知县胡有礼、牢头吴信、店家盛公甫、客商王自顺、举人杨文炳、杨文芳、地方崔明上堂!"不多时,众人都跪在堂下。刘罗锅一递眼色,陈大勇把四封银子从怀中掏出来,放在公案上。刘大人拿起一封银子说:"吴信,你瞧这个银子是谁家的?"吴信吃了一惊,嘴里面抵赖:"小人不认得这银子。"刘罗锅又说:"再叫杨文柄认一认。"杨文炳看了看说:"回大人,这是我家的银子,上面有我的笔迹可以为证。"

刘罗锅说着又往下叫:"崔明,昨天在吴信他家内,你是如何得到这个银子的?你对吴信说明。"崔明把事情说了一遍,然后对吴信说:"我劝大哥招了罢,免得皮肉受苦。现在是人赃俱在,你不用怀疑了,你难道认为我哄你不成?你若不信,我告诉你,银子是放在里间屋内靠西山墙的南边,大柜之上的第二个皮箱里边。我说的对不对?"在这当口,刘罗锅把惊堂木一拍:"吴信,你这胆大奴才!人赃俱在,你还想抵赖?来人,夹棍伺候!"吴信一听,要是不招,皮肉白白受苦,无可奈何,只能招了。

吴信大声说:"小人招了,大人息怒。小的祖居句容县白沙屯。那日傍晚,那帮贼人到了我家。贼首镇江宁说:'吴信,我等都是绿林好汉,本来想向你借点盘缠,又听说你好交绿林的朋友,也是一条好汉。大家既然逢一处,不如八拜结交作兄弟。'小的万般无奈,只得点头。从此,他们白天在村外玉皇庙隐藏,打劫过往客商,夜晚到小的家内住下。小的心中想着报告给衙门,又恐怕捉拿不成,反连累小的一家性命。不瞒大人说,他们劫来的钱财分给小的一份,小的一时贪财,忘记其中的利害了。"刘罗锅说:"本府问你,杨家到底有何内情,快从实招来!"吴信叩头说:"大人,那天小的在家中摆酒宴招待众贼人,有名手下禀报,看见一个客商的行李沉重,里面一定有不少金银财宝,现在住在龙潭客店中。他们立刻跟去一半人,等到了客店之后,店主又说他去投奔了杨文炳兄弟,众贼人仗着人多,随后就到杨家去要人。杨文炳兄弟不肯交人,因此双方翻脸动上了手。谁知杨家兄弟武艺高强,伤了两人,然后把其余的人都给放了回来。他们回到小的家中,气愤不过,定下了一条毒计,杀了那两个受伤的人,把人头扔在他家院中。不过是给他找官司打,众人心中才能出了这口气。谁知县官想要杨家几千两银子,托小人去给他兄弟俩人去透漏口风。哪知他兄弟俩最多只肯给二千两银子,知县不甘心,把他们扣起来,准备磨磨他们的锐气,然后再让他们心甘情愿地拿出银子。这事与小的毫无关系。"

刘罗锅摇头:"不是,不是。这其中一定还有别的原因。

难道你不知众贼人去杀杨家的人？快从实说来！"吴信说："大人问事太仔细了。小人索性就全都说了。我曾经和杨文炳的父亲有仇。有一年，小的到他家催他交钱，他不但不给，反而叫家里人把小的痛打了一顿，然后他还亲自进衙门和县官讲，诬陷小人。结果县官不由分说，就把小的又打了一顿板子，将小人给辞退了。后来换了老爷，小的才又当上衙役。这段冤仇，到今天已经有十四五年了。上月遇着这么一件事情，小的想起旧恨，所以在暗中挑唆知县，扣住他弟兄两个，这就是以往之事。"刘罗锅用手一指高声骂道："大胆的奴才！为这件事情怀旧在心，连累了杨家二十四口人命。岂不知，头上三尺有神灵，朗朗乾坤，报应不爽！本府问你，贼人他们是哪边人，姓甚名谁，有多少人，从实说来！"吴信说是："大人在上，为首之人本名叫镇禄，人起外号'镇江宁'。他们住六合小柳村，总共有二十人，离此八十五里路，手下还有两个副头目，名叫王凯、徐成。若是府县州官拿得紧，众人就去小柳村镇家躲藏起来。贼人他们打劫杨家后，现在一定是投奔镇家去躲藏。"

刘罗锅又对胡有礼说："胡知县，你可全听见了？"胡有礼急忙双膝跪倒，不住地磕头："大人开恩！大人开恩！"刘罗锅说："来人，把知县胡有礼、牢头吴信严加看守，不许徇私枉法。王自顺、盛公甫，你们暂且也下去，等着拿住贼人的时候，再来听审圆案。"刘罗锅又往下叫："杨文炳、杨文芳，你俩先回家，发送亲人入土为安，等办完事情后，再告诉本官一声。本官想问问你们，是否愿意跟着我，你们兄弟好好想想。"兄弟俩连忙说:"大人,举人家遭此大祸,多亏大人明镜高悬,让我们的血海冤仇能够得以报,我们兄弟回去料理好家里的事情,回来就侍奉大人。"兄弟俩站起身来往外就走,回家处理后事去了。

刘罗锅退堂后,把陈大勇留下商量捉拿贼人的计策。刘公望着陈大勇说:"杨家之事,虽然审问明白,但需要拿住贼人方能结案。但他们所住之地和江宁府隔府隔县。要拿贼人,须要费些周折。"大勇说:"大人,这件事若依小的看,也无有什么难处,不过是辛苦点就可以成功。我带人出去私访六合小柳村,等有了贼人的确切消息后,就可以捉拿他们了。"刘罗锅说:"大勇,又得让你们辛苦一趟了。"大勇一旁说:"不敢,小的蒙爷抬举,赴汤蹈火也在所不惜。"刘罗锅笑着说:"也好,你先暂且回去歇息,明日再去打探贼人的消息。"第二天一早,陈大勇找到朱文、王明,把刘罗锅的话说了一遍,然后又找了十几个衙役,出了江宁府,直奔六合小柳村。

欲知后事如何,请听下回分解。

第二十八回

陈大勇英名震贼窝

按下陈大勇等人不表,再说那杀人的群贼。自从他们杀了杨家二十四人之后,就躲在六合县小柳村镇江宁家中。这几天,众贼白天在镇江宁家中暗室藏身,半夜在大厅聚会。每日里差人在村外路口,不住地打探。今天正是镇江宁的生日,镇家大厅之上坐了许多人,家丁来来往往上菜。镇江宁等贼人在暗室里面开了一桌,还有两名妓女来陪酒,众恶人不断对妓女说着不堪入耳的话。镇江宁望着王凯、徐成说:"王二当家的、徐三当家的,想我镇某在六合县也算是个人物,今天是我的大好日子,多蒙五里三村许多乡亲们赏光,实在叫我感激不尽。依我看,咱们空喝酒无趣,让两个小妞给咱们唱一曲助兴,兄弟们说好不好?"众贼人齐声叫好。

正在这个时候,忽然看见一个家丁从外边跑了进来禀报镇江宁:"有句容县白沙屯的吴大爷那里过来的人,老爷见不见?"镇江宁说:"快叫他进来,我正要问问他那边事情怎么样了。"不多时,吴家的长工进来了。镇禄问他:"你到此有何事?"长工说:"我家夫人差我来送信,我们当家的有了难,我家夫人恳求众位救我们当家的。"镇禄点点头,然后说:"诸位兄弟,吴哥现在有难,大家想想怎么才能救出吴哥?"徐成说:"我看大家齐上江宁府,打劫府库,然后再闯入牢房救出吴哥,这岂不是美事一件!"王凯说:"胡闹!打劫府库、冲入牢房岂是小事,这事关系重大,要三思而行。"镇江宁说:"王二当家的,依你看怎么办为好?"王凯说:"要依我的主意,吴大哥虽说现今有难,你我如果前去救人,岂不是飞蛾投火?倒不如咱们躲开,拿不住咱们,料他也难定吴大哥之罪。最多受些磨难,性命可保。"镇江宁一想言之有理,就对来人说:"吴家来人,你去吃点点心,回去转告你家夫人,不必害怕,我自有道理。"家人过来,把他带了下去。

镇江宁等长工下去后,对着众人说:"我听说江宁府的刘知府,他叫刘墉,有个外号叫罗锅子,家在山东青州府诸城县,上司总督都不怕,州县见他脑袋就疼。他手下有个陈大勇,一身的好武艺,曾做过运粮的千总,刘罗锅把他视为心腹,委以重任。保不住刘罗锅要派他前来对付我们弟兄,我们要小心为好。"徐成说:"大哥不必长他人志气,灭自己威风,要是陈大勇那小子来的话,咱们兄弟让他有去无回!今天是大哥的生日,不要扫了兴,兄弟们,喝酒!"其他贼人也纷纷附和,镇江宁一听,也放下了心,一帮人继续喝酒划拳。

陈大勇等二十余人带着兵器,直奔贼首镇江宁的村庄小柳村。说话之间来得快,大概二更的光景就到了。陈大勇等人拐弯抹角,不多时就来到镇江宁的家。陈大勇对朱文和王明说:"我先进去打探,你们在外面要小心防备,不可大意。"大勇说完,站住身形,将脚一跺,"嗖"一声,纵上墙头。

陈大勇看到西边屋子点着灯，悄悄地跳下墙头，走过去一听，听见里面传出喝酒划拳，还有调戏女子的声音。好汉陈大勇料定贼人就在这屋中，就顺着旧路又出来了，他对朱文、王明说："贼人的下落我已经打探出来了，我还顺着旧路走，你们二位走大门，其余人跟在后面，等我们进去之后立刻围住屋子，不许放走一个人。"

　　朱文、王明他们俩手拿兵刃，跑进大门，一直的向后而走，又进了二门，穿过大厅，看见西厢房内点着灯。他二人一听男女声音全都有，就知道贼人必在此房中。陈大勇大喊一声："小贼快出来受死，你们杀害杨家的案子犯了，刘大人命我等擒拿你们！"镇江宁忽然听见窗外有人大喊，又听说是为杨家事，他向外叫："外边的朋友，有什么话请进屋中讲。"

　　陈大勇对朱王二人低语："咱们三人位进去，不过要防备镇江宁。"陈大勇一个箭步就蹿了进去，朱王二人也一起跟了进去。镇江宁一见陈大勇等三人并无惧色，眼望着大勇三人说："你们三位就是江宁府知府那位罗锅子刘爷打发来的吧，尊驾贵姓？"陈大勇说："我姓陈，名大勇。"又用手往左右一指，说："这一位姓王，这位姓朱，都是我的伙计。"镇禄说："久仰陈大爷的威名，今日一见，果然名不虚传。"大勇说："岂敢，岂敢。"

　　徐成一旁插嘴："想要捉拿我们，那就要看看你们有没有这个本事。看招！"说着，一个恶虎掏心直奔陈大勇而来。大勇嘴角微微一笑，顺势抓住他的手往外一带，然后手上一使劲，只听咔嚓一声，腕子就折了，然后用脚一勾，徐成扑通一声就摔在地上,大勇一脚就踩在徐成的胸口上。徐成在地上疼得哎啊啊地直哼哼。王凯一看徐成被抓,立刻抡起椅子,照大勇的头就砸了过去,陈大勇一侧身就躲了过去,王凯脚下不稳,大勇抓住时机,用胳膊肘一撞王凯的胸口,王凯都没有哼一声,就晕了过去。门外衙役一看动上了手,也都纷纷涌进了屋子,拔出明晃晃的兵刃对着镇江宁等人。

镇江宁等人一看这景象都傻了,再看自己的手中也没有兵刃。你瞅我,我瞅你,都不知怎么办才好。陈大勇大喝:"再不束手就擒,这就是你们的下场!"贼人一听,都耷拉下脑袋。镇江宁一声叹气,然后把手乖乖地伸了过来,衙役过来给他绑上了。众贼人一看镇江宁服了输,也都一个个地走了过来。陈大勇带着一帮贼人回到了江宁府。刘罗锅连声夸赞陈大勇。第二天升堂,刘罗锅判镇江宁等人秋后问斩,吴信发配边疆充军,句容县革去官职,然后把案子上报朝廷。

欲知后事如何,请听下回分解。

第二十九回

李文华贪色生淫欲

江宁府句容县有个公义村,这村中有个财主姓李,名叫正宗,妻子赵氏。夫妻二人广行善事,周济贫穷百姓,众人都叫他李善人。膝下只有一子,年方二十五岁,名叫李文华,与他的父亲就不相同,专好寻花问柳。他父亲李正宗,常常苦劝,可他总也不听。一二年光景,老两口儿相继而亡。李文华把他的父母发送后,自己一个人独享家业。

李文华家中住着一个长工,名叫孙兴,年二十四岁,为人忠厚。他的妻子何氏,年二十二岁,容颜也算数一数二,还能写几个字,奶名叫月素。李文华久有图谋何氏之心,怎奈何氏性烈不从。这一天,李文华设计将孙兴打发去讨账,他家中就只剩下何氏一人。他把宗住的老婆叫了进来。李文华对宗婆子低声说:"宗妈,我看上了孙兴的妻子何氏,我想跟她行周公之事,可是她性子烈,始终不肯答应。你先拿二十两白银去帮我说说。如果能和她成好事,必有重谢。"宗婆子说:"交给我好了,我管保让她答应。"宗婆子拿着银子走到了何氏的房门前,上前叫门,何氏把门给打开了,把她让进房中。宗婆子满脸带笑:"给二嫂你道喜来了。李大相公那天看见你在门前站,就爱上二嫂你的芳容。这几天,茶饭不思,都得了大病了,眼看都活不了几天了。依我看,他的病需要你去探望才能好,现有白银二十两,略表情意。你收下,我好回去回复大相公。"

何氏一听,脸腾的就红了,嘴里气愤地说:"妈妈此话不在理,不要信口开河!男女授受不亲,我和他非亲非故,快把银子拿回去,再胡言乱语,可别怪我不客气!"宗婆子微微笑:"二嫂,你不记得你夫妻当初没有地方投奔,是李大相公收下你丈夫做长工。如今他相思成病,你倒装聋做哑,恩将仇报。二十两银子送给你,只当行好积阴德。"说完将银子放在炕上。何氏说:"你这些话从何而起?他得病与我何干?你把银子拿回去,这不义之财我不能收,我明天告辞,回娘家去。"宗婆子微微冷笑说:"何二嫂,你吃了灯草灰了,说得这么轻巧!你们这二十两的卖身银,还有八个月才到期,你算算该还多少银子?你不要拿腔作势,他要是恼羞成怒,立刻把你们告到句容县去,只说是奴仆欺主,你们两口子就难讨公道。二嫂子,你少不得就得收监。所以这件事依我说,人在矮檐下,就要低头。你和大官人暗来暗去,也不会让人知道。你好好想想罢。"

何月素心说:可恨的老淫婆,把我这美玉黄金,只当作闲花野草!她说的话倒是厉害。我若是不答应,恐怕我和我丈夫都要吃官司。衙门都是门口朝南开,有理没钱别进来。到时候只怕会摊上官司,我和我丈夫就是浑身有嘴,也说不清楚。为今之计,我也只好假意答应,先收下这二十两银子,走一步看一步吧。何氏想到这里，带笑说："也罢，我先把银子留下。"宗婆子脸上立刻笑开了花："好！好！我这就回去回话，有时间我让李大相公来看你，这样他的病就能好。你这几天别关房门，省的有敲门的声音。邻居知道了反不好，你们俩暗中就把好事做了罢。"宗婆子出来后立刻来找李文华，把事情从头到尾说了一遍。李文华一听满心欢喜，相思病立刻全好。

第二天，李文华用包袱包了些簪环首饰、绸缎衫裙，打发宗婆子送与何氏。宗婆子把李文华他今天晚上要成双入对的话说了一遍。何月素吓得脸上当时就变了色，一句话都没说出来。她心中暗想：本来想暂时拖一拖，等李文华病死了，这件事情也就结束了。没想到这个淫贼在今晚就来歪缠我，我的丈夫现在还不在身边，我连个依靠都没有。我如今要说不依，只怕他以强压弱，把我送到官府治罪；要是点头应允，又恐怕贞节难保。李家有钱势力大，我已经落在天罗地网中，想要逃身万不能！只有等到他晚上来的时候，我好言相劝，希望他回心转了意，如果淫贼一定要纠缠我，我就拿把刀往脖子上一抹，我叫他什么也得不到，还让他摊上人命官司！

宗婆子见何氏低下头，半天默默无言，她趁热打铁："你快点打扮，晚上要和大相公成就美事呢。"何氏冷笑着说："宗妈妈，你真是个行家，里面的事情真是门清。"宗婆子说完出门扬长去了。何氏一个人在房中想了好半天。最终决定把事情的经过写在信上，等孙兴回来见到这封信，就知道是自己遭何人所害。一会的工夫，就把信写好，放在梳头匣内。

头也不梳,脸也不洗,去厨房拿了一把切菜刀,磨得锋快无比,然后就搁在炕上。这时天也黑了,她点上了灯,和衣而卧,等着李文华。

宗婆子回来后,立刻李文华今晚可以成双,李文华立刻打扮得和新郎似的,他不断地瞅着外面,只恨天黑得太晚,犹如那热热锅上的蚂蚁一般,在屋子里面无精打采,好容易等到了黄昏,家家户户都掌上了灯。只听得一声锣响,更夫开始打一更。李文华刚要出门去找何氏,抬头就看见了父亲的牌位,脑中忽然想起父亲临终时候的遗言:父亲大人嘱咐让我不要学浪子西门庆,让我学君子柳下惠坐怀不乱。如果我今天出去干苟且之事,岂不玷辱父亲一世的名声?李文华想到这里,心中后悔自己的行为。他一口咬破自己的右手小指,鲜血当时就流了出来,他咬紧牙关,不让自己喊出声来。他和衣倒在床上,把头蒙在被中。他哪里会想到,就为他的一时花心,惹出了一场人命官司。

欲知后事如何,请听下回分解。

第三十回

 狗肉王杀人又栽赃

公义村西头有一个歹人,姓王,排行第八,因他卖狗肉为生,大家都叫他"狗肉王"。妻子毛氏,并无儿女。这一天,狗肉王卖完肉往回走,正遇见个酒友。二人找个馆子就喝起来了,你一盅,我一盅,两个人喝了足有二斤多酒,王八趔里趔趄往家走,迷迷糊糊的竟走到公义村的后面去了。王八一抬头,看见孙兴的房中还点着灯。狗肉王自言自语:"孙兴不在家,孙二嫂就该早睡。点着灯做什么?一定有苟且之事。对了,孙二嫂生得俊俏风流,李大爷又好色。莫不是他们俩有些疏忽,忘记了吹灯也未可知。我不如跳进去,把他俩堵个正着,狠狠地敲他们一笔银子。事有凑巧,说干就干。"

他来到草房门外,翻墙跳了进去,来到窗下站住,舔破窗户纸往里面看:桌子上摆着酒菜,何氏在炕上睡着了,杏仁眼、柳叶眉、粉面、樱桃小口,看起来楚楚动人。王八看得呆了,直流口水。狗肉王看看四周没有人,嘿嘿奸笑一声,用力一推,只听"吱喽"一声门就开了。何月素睡梦之间,忽听门响。她以为是李文华来了,怒气冲冲地说:"是你来了吗?"狗肉王喘着粗气说:"正是,我来了,我要成亲。"何月素感觉声音不对,用手掩住灯光一看,原来是喝得醉醺醺的狗肉王。何月素高声叫:"老八,不要撒野!我丈夫和你关系很好,他今天有事进城去了,你就满嘴胡说八道,快给我滚出去!你要在不走,我就要喊人了,看不把你打个半死!"狗肉王冷笑着说:"二嫂,你不必生气。我问你,孙二哥既然进城去了,你又不做活儿又不纺线,就该早点吹灯睡觉,为什么现在还点着灯,又不插门?桌子上还有酒和菜,你刚才还问我是不是大相公。这不是私会情人吗?"何氏破口大骂:"王八你欺人太甚!我在房中等我丈夫回来,忘记了吹灯去插门。你竟然说我偷汉子,我何氏可比无瑕玉,纵然就是死也不失身!趁早给我滚出去!"狗肉王冷笑地说:"孙二嫂,你别拿那大话吓我。拿过《大清律》来咱们瞧瞧,穷富犯法,一例同罪。难道说,只许财主调情,不许穷人摸俏?李文华和你相好,我今天和你也想来个交情。我要不给你来个霸王硬上弓,你也不知道我王老八的厉害!"说着就扑向何氏。

何氏一看,慌忙去抓切菜刀,她两手举起菜刀,恶狠狠地照着狗肉王搂头就砍。狗肉王的眼尖,侧身躲过,伸手把刀抓住,用劲一夺就到了自己的手里,然后把刀一扔,又扑向了何氏。何氏大叫:"王八杀人了!王八杀人了!快来救人哪!救命啊!"狗肉王一听,心里紧张,当时酒就吓醒了!他听见何氏叫喊,心中一发狠,用手抡刀,只听"喀吱"一声就砍在何氏左膀之上。何氏"哎哟"一声,栽倒在地。狗肉王红了眼,索性一不做,二不休,用脚踩在何氏的胸膛,一手抓住她的头发,顺手一刀就把脑袋砍下来了。他杀了人,眼瞅着死尸,心中直发毛,自言自语:"这事怎么办?杀人偿命,我可不想吃官司。对了,我不如趁夜深人静,何不把何氏的人头扔到开粮食店赵子玉家的后院,报他开春不肯借给我粮食之仇,我回家假装睡觉,等明日孙兴回来,一定会告诉李文华,他们一定会报官捉拿凶手。到那时,赵子玉家有人头,李文华家有身子,叫他两家打官司去,谁也怀疑不到凶手是我。"

王八想到这里,猫腰伸手把何氏的脑袋提溜起来,将头发作了个扣儿,走出何氏的家,把人头装在卖肉的桶内,一直向西而走来到粮食店的后墙根,听了听里面没有动静。王八取出了何氏的人头,拿在手里,胳膊上一使劲,往墙里头一扔,只听"拍搭"一声,人头就扔进了粮食店的后院,狗肉王转身回了自己的家。他看见窗上灯光明亮,又听嘤嘤地响,就知是妻子纺线。狗肉王心底发毛,不敢叫门,站在窗外,用手指轻弹。毛氏知道丈夫的暗号,翻身下炕,用手开门.狗肉王迈步进来,把桶放在地上。

自古善恶都有报应,朗朗乾坤不可欺。狗肉王杀了何氏,以为神鬼不知,他不知头上三尺有神灵。这个人是谁?此人叫李九,有个外号叫李傻子,其实是一个半憨子。这一天,李傻子拉肚,蹲在街上出恭,瞧见狗肉王回家进房,李九自言自语:"老人说狗肉补肚子,正巧刚才狗肉王回家,我何不去赊斤狗肉?"李九迈步如飞来到了王八的窗外,只听里面在说话。傻李九鬼使神差,站在窗外侧耳听。只听毛氏问王八:"你怎么浑身都是血?"狗肉王低声说:"别嚷!"然后就把杀人的经过说了一遍。毛氏吓得脸色直发青,手脚麻木浑身软,半晌低声叫:"天杀的,你闯了大祸了!杀人就是死罪,你还把人头扔到粮店老板赵子玉的家,你这不是罪上加罪吗?"王八心中后悔,嘴上却说:"贤妻,没事,咱们睡觉吧。"然后上炕吹灭了灯。

　　二人在房内说的话,李傻子在窗户外听得明明白白,吓得魂不附体。眼看着狗肉王、毛氏都睡了觉了。李傻子心中害怕,一声儿也不敢言语,轻手蹑脚儿往回,回到自己家中,慌忙将门插上,把桌上的灯点亮,低声说:"妈妈,刚才我在街上出恭……"就把遇见狗肉王回家,他要去赊狗肉,王八杀何氏,人头扔在粮食店的话,前前后后说了一遍。陈氏心中也害怕,对李傻子说:"九儿,这个话,外头千万不能说语。你要满嘴胡说,叫差人听见就把你拿去了!"李傻子为人老实,听娘的言辞,如同圣旨。李傻子说:"妈啊,狗肉王杀人,我会不会去偿命?"陈氏说:"这和你无干,休要胡说!快些脱衣睡觉罢。"

　　欲知后事如何,请听下回分解。

第三十一回

尸首分家祸事连连

粮食店里有一个叫宋义的伙计,天还未亮,他就起来要出恭。他来到后院之中就瞧见那边有一个物件走到眼前一看,吓了个目瞪口呆——原来是一个人头!他夯着胆子仔细看了看,原来是孙二嫂子的脑袋。他感觉这是谁要栽赃陷害,马上跑回去通知赵掌柜。他刚走到前院,正遇着掌柜赵子玉打卧房内出来。宋义面带惊慌地说:"掌柜的,咱到后边,我有句话说。"赵子玉见宋义神色不对,也就没有问,跟着他来到后院的墙下。宋义也不说话,指着何氏带血的人头给他看。赵子玉为人老实,胆子最小,一看见人头,只吓得浑身打战,脸色发青,体似筛糠。

赵子玉为人忠厚,瞧见人头都是血,直抽冷气,又怕打官司花费银子。他战战兢兢地问宋义:"伙计,是谁杀了孙二嫂,扔在我家后院的?有意要坑我,不知我和他有什么冤仇?等孙兴回来后,看见他的妻子被杀后,一定会报官,等在我这里发现了人头,他们就会告我奸杀他妻子,我到时就是浑身是嘴也说清楚,这可如何是好?"宋义对赵子玉低语:"掌柜的,你别害怕,平日你老人家待我甚好,我无恩可报。这件事情交与我,我帮你把这件事情应付过去。"赵子玉忙说:"宋义,你能替我了事那是最好,如果能帮我躲过这场灾难,我愿拿出一百两纹银谢你。"宋义一听,满心欢喜,他说:"掌柜的,趁现在没有人,咱们两个人赶紧把人头埋在郊外,这样就能平安无事。"赵子玉连忙答应。

  二人赶紧找了个竹筐,把人头放在里面,带上掩埋的工具,出了后院,来到野外刨了个坑,刚要动手去埋,就听有人说话:"宋二叔,你们埋什么呢?"二人当时吓得魂差点都没了。稳稳心神一看,原来是西边街坊王兴立的儿子王保儿,今年十三岁,一早就上这里拣粪来了。宋义说:"没什么,一边拣你的粪去!"王保说:"我就不去!我偏要看!"他说着话就来到坑边上,往下一瞧——是一个血淋淋的人头!王保说:"好啊,怪不得不叫我瞧,你们杀的是谁?"宋义急忙说:"保儿,不要嚷,叔叔明日请你吃东西。"宋义一边说着话,一边打主意:"不好,这个小冤家既然瞧见了,他岂有不告诉人的吗?那时赵子玉杀人是假,我移尸埋头是真。这件官司,倒闹到我身上来了!也罢,事已至此,也顾不得这么多了!"宋义把心一横就起了杀心,他笑着说:"混账孩子,你爱看那就看!"小保儿不知是计,只顾两眼往坑里瞅着,宋义身子一闪,一弯腰,两手慌忙扬起铁锹,照着保儿的天灵盖就打了下去,小保儿"咕咚"一声就栽倒在地,眼见着活不成了。赵子玉当时就吓坏了,嘴里直埋怨宋义:"你为什么要了保儿的命?"宋义说:"我怕他回去后乱说,现在神鬼不知,掌柜别犹豫了,快动手把人埋了,咱们回家保安宁。"赵子玉点头说:

"希望如此。"二人把死尸人头埋在一起,回到家中。

再表宗婆子。天一亮就来到了孙兴的家,一看门还没有开,就轻轻咳嗽两声。可里面却没有任何反应。她又小声喊着何氏的名字,连喊几遍还是没有人答应,她舔破窗户纸往里一看,何氏的头不知去向,血水流得满地都是。宗婆子吓得战战兢兢,掉头就往外跑,找到了李文华的妻子赵素容,把看见的事情告诉了她。赵素容当时吓得惊魂失色,赶紧打发人把李文华找来,将宗婆子的话又说了一遍。李文华当时就魂飞魄散,面如金纸。他也把他没去的话,说了一遍。宗婆子说:"这样看来,想来是贼人偷盗进房,瞧见何氏貌美,求奸不允,才怒而把她杀死,割去脑袋。我有个主意:等孙兴回来瞧见尸首,必定要把此事告诉大相公。你就给他出主意,让他到县里告状,求官府捉拿凶手。等查出人头在谁家,谁就是凶手,拿他偿命,和咱们就没有关系了。"李文华说:"此计大妙。"

孙兴要账回来后,把账目交代明白,来到家门口站住,用手打门,半天也没人答应。他没好气地说:"都日出三竿了,还睡!叫也不醒,是不是等我踹门呢?"说到这里,一脚把门踹开,进了屋子。孙兴走进屋子一看,妻子何氏的头不见了!他也顾不得哭了,说声:"不好!"转身来往外就跑,一边跑一边喊:"快来人啊!我妻子被人割去人头,大家要帮助我捉拿凶手啊!"邻居们大吃一惊,给他出主意:"快去找李大相公!他是房主,让他去找地方上县衙递状子,这可是人命官司!"众人同孙兴一起来到了李家的门前。李文华吩咐孙兴快把地方找,不一会来了两个地方,一起去孙兴家看尸体。

小狗弄翻梳头匣出遗书

正在众人看尸体的时候，从外面跑进一条狗，进屋就把梳头匣弄翻了，从里面掉出何氏写的书信来。孙兴捡起来从头到尾看了一遍，认定就是李文华行凶，哪晓得是狗肉王杀了他妻子！他不动声色地把信放在怀中，然后打开皮箱找出那二十两银子，走出来锁上门，一同和地保到县衙报官。他们来到公案前跪倒，地方把事情说了一遍。知县王守成吃了一惊，开口就问："孙兴，何氏月素是你妻子，被人杀死你难道不知情？在本县当堂从实讲，但有虚言我定不轻饶！"孙兴说："老爷，小的我在公义村李家做长工，李文华看上了小人的妻子何氏，一心要把亲事成。他叫宗婆子对我妻子花言巧语云，还先给了纹银二十两，如果不依就把我夫妻送县中。我妻子无奈，只能假装答应。她自己亲手写了一封信，把事情的前因后果都写在里面。谁知李文华果然半夜到我家中，我妻至死不依，恶贼一怒之下就杀死我妻何氏，人头则不见踪迹。现有何氏亲笔写的书信和二十两纹银可为证明。小人请青天为小民做主。"孙兴说完把头叩。

欲知后事如何，请听下回分解。

第三十二回
罗锅欲为死囚翻案

知县王守成问孙兴："何氏写的书信现在何处？快拿来给本县观看。"孙兴慌忙从怀中掏出信来，连同那二十两银子一起递了上去。王守成接过来仔细一看，上面写的和孙兴口诉之事完全一样。王知县发下去一支签子，命人即刻锁拿凶手李文华到衙门听审，一干人等在一旁听候发落。不多时，衙役回话："大人，凶手已带到公堂上，请大人吩咐。"王守成一摆手，两名公差站在一旁。

王守成说："李文华，你是不是因奸不允，杀死何氏？快在当堂招认，如有虚假决不轻饶！"李文华说："大人，小人并不知这事，为何叫我招认？"知县一听大怒，说："可恶奴才，你想花言巧语哄本县，想要不招决不能！"然后吩咐左右："夹起这胆大的恶贼！"衙役听到吩咐，马上给李文华上了夹棍，左右之人一用力，李文华"哎哟"一声就昏死过去。一个差人喷了口凉水，李文华慢慢苏醒过来，大叫："县主，小人冤枉！小人并未杀何氏，望大人明镜高悬。"知县冷笑着说："李文华，本官料你也不肯轻易招供。你自己瞧瞧，这是什么东西？"说完把何氏的遗书和那二十两银子，一起扔到了在堂下。李文华一瞧,不由得心里着急,说:"大人,容小的回禀……"李文华就把事情说了一遍。王知县根本就不信,对他说:"李文华,你这话就是对三岁孩童说,他也不信,还想欺瞒本官!快从实招来,怎么杀死何氏的,人头现在何处!免得你皮肉受苦。"李文华说:"青天大老爷,小人并未杀人,叫小的招什么?"王知县勃然大怒,吩咐左右:"快些加刑具!"

李文华是富家子弟,哪曾受得这样的刑罚,刚才那一下就把他弄了个半死,当耳边又听"加刑具"这三个字,直把他吓得他魂飞魄散,急忙说:"老爷,不用加刑了,小的愿招。"知县冷笑开言:"快招!"李文华无奈,只得按照何氏书信上的话招了。王知县又追问何氏人头在于何处,他说:"何氏的人头,被小的扔在公义村的北边,壕沟之内,到了第二天就不见了,可能是被狗叼去了。"王知县也不深究,吩咐书办作了文书,把李文华收监,写了文书,报给了刘罗锅。

这一天,刘罗锅刚刚升堂,就有句容县报的文书呈上,他接过文书仔细一看,就觉得里面另有内情。刘罗锅往下吩咐:"王明,你速去领票,到句容县提李文华到本府堂下听审。"王明来到句容县找到王知县,把李文华等人提了出来,出了句容县城,直奔江宁府而来。王明来到堂下:"大人,小的王明奉大人之命,将李文华提到,现在衙外伺候。"刘罗锅吩咐一声:"带进来!"王明答应,把李文华、孙兴二人带到堂下,二人跪在堂下。

刘罗锅问:"哪一个是李文华?"李文华一听忙说:"大人,小人就是。"刘罗锅说:"你是不是因奸不允杀了何氏,此事还有何分辩?"李文华向上叩头:"大人,小人就是吃了熊心豹子胆,也不敢大人堂前说谎。"李文华就把事情从头到尾说了一遍,刘罗锅又问:"现有书信和赃银二十两,你怎么解释!"李文华说:"大人,小人是贪恋孙兴的妻子何氏的美色,但小人我真的没有杀何氏,那夜小人就在自己屋中睡觉了。望大人明察,还小人一个清白!"说完不住地磕头,眼中含着泪花。刘罗锅看到这里,吩咐左右把李文华暂时收监,拍了一下惊堂木喊退堂,转身回到了书房。

刘罗锅在书房内,手拿茶杯,心里暗自琢磨:这件事其中一定有隐情,我想要结这个案子,除非亲自去私访打听。刘大人想到这里,站了起来,吩咐张禄把道袍给自己拿来,他要微服私访。一袋烟的工夫,刘罗锅就换好了衣服,出了府门,向句容县的方向走去,也就一个时辰的功夫,就来到了公义村。

刘罗锅掏出卦板,口中吆喝:"富贵贫穷我能断,求财问喜来问我,逢凶化吉我也行。外带专治疑难病,专治瘸腿与瞎眼,秃子哑巴我也能。傻子憨子全会治,一服药,管叫你伶俐又聪明!"刘罗锅这一套词,惹得人们都看他,其中就有傻李九。他问:"先生,我李九生来就笨,望先生给我治治,让我也能变聪明。"大人抬头一看,笑着说:"你姓什么?叫什么名字?告诉我,好给你治一治。不过,你带钱了没有?"李傻子说:"先生,你等我到家里和我妈妈要钱去。"转身就要走。刘罗锅说:"你只要告诉我一件事情,我就免费给你治病。我问你:这村中可有个大财主李文华?听说他杀了何氏月素,孙兴把他告上公堂，知县当堂就认定他求奸不成，愤怒之下把人给杀了你可知道这件事？告诉我，我白治你的傻病，还倒给你钱。如果不说，你晚上就会让狼给叼去吃了!"李九说："先生，凶手不是李文华。有个王八卖狗肉，他的外号叫狗肉王，是他想强奸何氏没得手，所以就把她杀了。他还把人头扔到粮店。想嫁祸赵子玉。"刘罗锅接着问李九："你怎么知道得这样详细？难道你跟在他后面？"李九就把在狗肉王窗户底下听到的话说了一遍。

李傻子又说："先生，快把灵丹送给我，我要治好病。"刘罗锅给他拿了一个顺气的丸药，然后说："李九，你回家喝二两烧酒，蒙上一床棉被，多多地出上一身汗，管叫你伶俐又聪明!"李傻子满心欢喜，说声"多谢"，然后高高兴兴地走了。刘罗锅也急忙回到了府中，吩咐陈大勇、王明把王八捉拿归案。

欲知后事如何，请听下回分解。

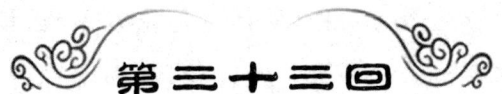

第三十三回 刘知府再审连环案

第二天清晨,陈大勇、王明二人,奉刘大人之命,来到了公义村中,找人打听到了王八住的地方,顺着指引就来到了王八的门前。王明喊:"王八,家中可有熟狗肉?"狗肉王一听有人买肉,急忙来到外面,一抬头,看到两名差人。脸上赔着笑:"二位爷,要买几斤?"陈大勇问:"你就是王八吗?""我就是。"陈大勇和王明一递眼色,两个人掏出铁链,"哗啷啷"就套在王八的脖中。狗肉王忙吆喝:"在下并没犯王法,为什么无故锁我?"陈大勇,微微冷笑:"王八,为人不做亏心事,半夜敲门心不惊。我们奉刘大人的命令来拿你,为的是因奸杀人命的事情。还有杂粮店的赵子玉,你带我二人找他去!"

狗肉王一听,吓了个惊疑不止,带着他们两人去找赵子玉。不一会就来到粮店的门口,可巧正遇见赵子玉在门口站着。王八用手一指:"朝门口站着的那个人就是赵子玉。"两人来到门前,陈大勇说:"尊驾就是开粮店的赵子玉吗?我们俩是江宁府刘大人打发来的,有个字帖儿你一看就明白了。"说话间把刘罗锅的票递给赵子玉。赵子玉接过一看,吓了个面如金纸,哑口无言。大勇他不由分说,把赵子玉也就锁上了,拉着就走。两个人带着王、赵二人,一直回到了江宁府,陈大勇上前回话:"大人,小人到公义村锁拿了王八、赵子玉二人,现在堂下听候吩咐。"刘罗锅一摆手,两人一旁站立。

  刘罗锅看了两人一会,然后开口说:"王八,你为何杀死何氏月素,又如何把人头扔去粮食店?在本府堂前从实讲来,如果有一字不符,定叫你的狗命难逃!"王八说:"大人,小的奉公守法,不敢行凶杀人。不知道,是谁杀了何氏,大人却硬叫我承认。望大人高悬明镜,还小人一个清白!"刘罗锅座上冷笑着说:"你想欺瞒本府,也不想想本官的为人。我看你是不见棺材不掉泪。"刘大人吩咐:"把这恶贼夹起来再问!"众衙役一齐上前,把夹棍当堂一撂,声响震耳,狗肉王把魂都吓得没了!心中暗说:"听说这刘罗锅子难缠,再者我杀人是真,既然他打发差人把我拿来,岂肯善罢甘休?罢了,罢了,也是我的命该如此!何苦的叫他把腿夹折,还得招认,倒不如留下两条好腿,虽然做鬼,到阴间抢水喝,比别的鬼跑得快些。"狗肉王想到这里,望上磕头:"大人,不用夹我,小的我招了就是了。"狗肉王就将他卖肉回家,路过孙兴的门前,求奸没得逞,把何氏杀死的话说了一遍。刘罗锅又问:"人头你扔在何处?"王八说:"大人在上,小的也不敢撒谎。我把何氏人头扔到他的后院,心想嫁祸于他。大人要问人头的下落,大人问赵子玉便知。"

  刘罗锅听见狗肉王所说的果然与李傻子的话一样。他又问赵子玉:"赵子玉,你可听见王八的话了吗?"赵子玉一看这个架势,知道自己也无法躲了过去,就把宋义设计,埋人头这事说了一遍。刘大人听完吩咐："将他二人收监。"又叫朱文去拿宋义，明日堂前听审。刘罗锅退堂，回后休息。一夜无话。

第二天一早，朱文来到堂前跪下："小的朱文把宋义拿来了。"刘罗锅问："宋义，你为何看见人头不去报，却私下掩埋？快说！"宋义说："大人，私埋人头是小人的错，小人一时见识短，怕人命官司打不清。"刘罗锅又问："宋义，你把人头埋何处？本府派差人去验明。"宋义说出了地点，刘罗锅命人去把人头挖出来，然后退堂，回去休息去了。第二天早晨，刘罗锅刚刚升堂，王明跪在下面说："大人，小的王明奉大人之命，到公义村去起何氏的人头。不料埋人头的坑中，又起出一具死尸。脑袋上有伤，好像是被打死的。小的用筐把尸体抬来了，现在堂下。请大人定夺。"刘罗锅来到筐担的跟前站住，举目一看，只见那死尸还是幼童，不过十三四岁。死尸的旁边，搁着个人头，仔细一看，倒是个妇人之头。刘大人看完，回归公位坐下，说："宋义，为何在人头坑中，又多出个死尸？莫非是你图财害命？在本府的堂前从实招来！"宋义就把早起埋死人头，王保儿看见，怕他声张告诉别人，用铁锹打死的话，说了一遍。刘大人闻听，不由地怒发冲冠。刘罗锅大喝："胆大的囚徒！移死尸就有罪，何况你害命又行凶！本府决不饶你！"刘罗锅吩咐把一干人等都带到堂前，准备结案。

一会的工夫，众人全部到齐，跪在地上。刘罗锅说："李文华，本府给你申冤了，都因句容县知县缺才智，把你屈打成招。虽然你没有杀何氏，但祸因是你引起的。死罪可免，活罪难逃。"说完吩咐左右:"拉下去!打四十大板!"衙役不容分说把他拉了下去,结结实实打了四十大板,然后又带了回来。刘罗锅说:"从今以后要改过自新,不可仗势欺人。再犯到我手,定叫你脑袋搬家!"刘罗锅又对宗婆子说:"宗氏,你这么大年纪,还不知事务!助恶行奸,以致闹出人命。赏二十个嘴巴!"刘大人这才提笔断案子:"狗肉王杀害何氏,又嫁祸于人,按律立斩;赵子玉见人头,私下掩埋不报,以至于宋义又害人命,按律充发边疆;宋义图财移尸,又害人命,按律应立斩!"然后吩咐王保儿的父亲来领尸,又叫孙兴把何氏的人头拿去,同尸首一同埋葬。刘罗锅又把句容县知县王守成调来,当堂训斥。刘罗锅把李文华受屈、狗肉王行凶,前前后后说了一遍。王守成说:"卑职无才,望大人宽恕。"刘罗锅说:"以后要小心办事,这一次将你恕过,再有一遭,定叫你难逃公道。回你的衙门去吧!"王知县一听,回衙不表。

欲知后事如何,请听下回分解。

第三十四回
刘罗锅巧计解难题

第二天早晨,张禄按照往常惯例,服侍刘罗锅净面更衣。刘罗锅吩咐张禄:"预备轿,今日拜庙烧香。"张禄出来告诉了轿夫。众轿夫不敢怠慢,忙搭过四人轿,去了扶手,刘罗锅上轿,轿夫上肩,衙役尾随,出了衙外。

刘罗锅的四人大轿正往前走,就听见有人不断地喊"冤枉,冤枉"。刘大人吩咐住轿。刘罗锅在轿内说:"快把喊冤之人带来,本府要当面问明情况。"衙役马上就带了两个人来到轿前。刘罗锅打量二人容貌:一个五十开外,一个在四十还有零,面貌不像行凶事,一看就是老实巴交的庄稼人。不知他二人为何事情喊冤?刘罗锅看完之后问:"你两人叫什么名字,有什么事情从实讲,如有虚言我定不容!"二人跪在地上,李五首先开了口:"大人在上,小人叫李五,专做瓦盆生意,今天装了一小车货物来卖,他赵义,把我的车子给碰倒了,一车子瓦盆全都摔碎了,小人货物都报销了!小人叫他赔偿,他反而发怒,因此我和他理论,不料冲撞了大人的轿子。小人罪该万死,望大人高抬贵手。"刘罗锅听了李五的话,在轿中又问:"赵义,你为何将李五的车子碰倒?把他的盆打碎,你倒不依,是何缘故?"赵义说:"大人,小人今早挑了一担子干柴草,要到市上卖几百钱,好买点米度日。小人打西往东走,卖盆的李五推着车子打东往西走。我们俩当时行至一处,忽然间刮了一阵大风,把小的柴担子往外一碰,偏偏碰在他的小车子的上头,把他的车子就碰倒了,他的瓦盆就都打碎了。李五叫小人赔他。小的家中有八十二岁母亲,小人靠卖草来养我妈。小人这担草也就值三百钱,就全赔了他,也不够。再者,小人要把这三百钱本赔了他,小人拿什么养活小人的老母?"赵义说完,泪流满面,只是磕头。

刘大人在轿中听完他二人的话,心中暗想:这件事,虽然说不大,倒教本府为难。如果让赵义赔李五的钱,赵义又赔不起;不让赵义赔吧,于理不合。我要拿出钱给他们两人,又怕被无知愚民当作笑谈。刘罗锅为难多时,忽然一计上心头。

他对赵义说:"你快去打四两老白干,回来后给李五赔礼。"赵义慌忙站起,看见路北有一个酒幌高高的悬在半空。赵义来到柜上,打了四两烧酒,又回到了轿前跪下。刘罗锅问:"赵义,你打了多少酒?本府好给你钱。"赵义说:"大人,小人按照吩咐打了四两。"刘罗锅说:"赵义,虽然是本府替你给钱,但你说是四两酒,本府可不信。我知道你打多少?本府要当面称量下。"刘大人回头对张禄说:"快取一杆秤来。"张禄不多时手里拿着一杆秤回来了。刘罗锅说:"你把那酒称称,看够不够四两。"张禄称了一下,回禀刘罗锅:"大人,这酒只有三两四钱。"刘罗锅说:"赵义,你为什么打三两四钱酒,告诉本府四两? 当面撒谎,就欠打你十板!"

赵义说:"大人在上,小人就是吃了熊心豹子胆,也不敢欺骗大人。壶中本是四两酒,若不信,问问卖酒的就知道真假。"刘罗锅叫王明:"你快去传卖酒的人,本府要当面问他。"王明去不多时,就把卖酒的掌柜带来了。刘罗锅问:"你姓甚名谁,哪里人?"卖酒的掌柜说:"大人,小人姓张叫张必,山西太原人。"刘罗锅说:"张必,做买卖就该讲天理良心。方才赵义去打四两酒,你为何只给三两四钱?本府当堂从实讲,如有假话打断你的腿!你要不信当堂有酒秤,你可以再称称。"张必连连磕头:"大人,皆因小人一时糊涂,分量不足。望大人开恩。"

刘大人冷笑:"张必,你既认错,你是愿打,还是愿罚?"张必问:"大人,愿打怎么讲?愿罚怎么讲?求大人吩咐明白。"刘罗锅说:"愿打,打你四十板,十字路口枷号一月,解枷还打四十;你要是罚,罚你十两纹银救济贫苦之人。不知你愿罚愿打?快说!"张必说:"大人,小的愿罚十两银子。"刘罗锅说:"既然如此,快将银子拿来。"张必答应,慌忙站起,不多时,手中拿着十两银子回来了。跪倒在地说:"大人,小的将银子取到。"刘罗锅让人称了称,足够十两。

刘罗锅说:"张必,从今往后做买卖要正道,不可欺骗客人。"张必答应,转身回去了。刘罗锅又说:"李五,赵义误把你的瓦盆打碎,你的本钱全没了,赵义贫穷又赔不起。本府看你二人是本分之人。现有罚银十两,你二人分开做经营。以后要奉公守法。"二人跪在地上说:"大人天恩深似海,小的二人无可回报,愿大人步步高升。不但小的二人能活命,我们举家都感恩大人。"刘罗锅说:"快去吧,以后要小心行事。"二人分了银两,千恩万谢地走了。

刘罗锅处理完两人事情之后,又吩咐轿夫赶往寺庙。轿夫抬起轿子,走了大概有一袋烟的工夫,就来到了寺庙的门口,只听庙中钟响不绝,庙门口一群百姓闹哄哄的。刘罗锅问衙役:"这些百姓为何围住庙门?"衙役说:"大人不知此乡风,这乃是金花圣母给人治病,设下道场请神灵。因此庙中才钟响,众百姓烧香许愿求前程。故此男女一个个在这里求告圣母。"

欲知后事如何,请听下回分解。

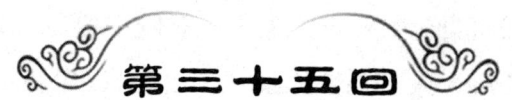

第三十五回

 金寡妇弄神贪供品

刘罗锅听完,心中马上明白:一定是洪阳教那个妇人装神弄鬼欺骗百姓,借此诓骗财物,妖言惑众。我在这里当知府,就必须要清正民风。想到这里,刘罗锅吩咐张禄:"快传几个捕快,本府有急事!"张禄不敢怠慢,回府找了几名捕快。刘大人悄悄吩咐了几句话,然后回衙去了。

且说金陵城内,南大街前边有一条小胡同,名叫翠花巷。这巷内有一个寡妇,年有三十七八岁,妖里妖气,专门装扮神鬼,家中供着无数的胎相、木相、神仙,设摆着炉瓶、供器、海灯、鲜花、桌围、宝盖、幢幡、木鱼、铜磬、经卷、法器……无所不有。她还认识四五个道婆子,收了街坊家两个七八岁的幼女作徒弟:一个叫明月,一个叫清风。这个寡妇,本来姓金,后来又起了个名,自称是"金花圣母娘娘"。她天天烧香明灯,闭目打坐,直骗得百姓都来烧香许愿,问病求签,不住地送银子来。终日烧香的男女不断。金寡妇自称是娘娘降世。她白天吃豆腐青菜,晚上鸡鸭鱼肉口中填。

陈大勇、王明奉刘罗锅之命来找金寡妇,王明边走边说:"陈大哥,我看咱们这个刘知府,长相虽然平常,但是他的学问深。上司大人全不怕。他假扮先生拿过徐五,还有那渗金头江二;他在上元县北关私访,最后把人命官司断个明明白白,他私访白氏,断出店家李有义的冤情;他也曾,假装城隍把姑子哄,得了口供,把高大人的刁难轻易解决了。"陈大勇说:"正是,咱们大人就是厉害,清正廉洁,一心为民。"他二人说着就到了翠花巷,到了金寡妇的门前,进来后找到了金寡妇。两个人按照刘罗锅嘱咐的话说:"我俩前来有一宗要紧事,请娘娘去瞧病。希望您大发慈悲,病好之后定有重谢。"金寡妇拿捏着假嗓子说:"二位善人来请我,不知是到何处瞧病?"二人说:"我们家老爷偶然得病,因此特叫我们两个到此烧香把圣母请。"金寡妇说:"容易,你二位雇一顶轿子来吧,我去走一遭。"陈大勇、王明雇了一顶轿,上了轿子,放下轿帘,坐在里面扬扬得意。两个女童在轿子的左右帮扶,还有那老道妈子,在轿后跟随,很快就来到了府衙后门。金花娘娘下了轿,两个女童儿跟随,早有家人张禄将金寡妇引到上房,刘罗锅坐在床上,闭着眼睛,一声也不吭。金寡妇说:"请我下神看治病,菩萨定然对我有旨意。病轻病重都无妨,我自有仙法保平安。"张禄说:"圣母在上,我家老爷病体十分重,望娘娘大发慈悲。"金寡妇说:"你不必着急,等我一会问一问菩萨是何病症,便可以治愈你家老爷。"

  金寡妇对张禄说:"管家,你要预备是四样素、四样荤,素的要给娘娘用;荤的是,预备给先锋白马神。荤的要:公鸡鲤鱼猪羊;素的要:木耳蘑菇与面筋。另外还要二百馒头上供,十两的金银各一锭。等我敲起神鼓来求告,叫菩萨保佑他消灾免病。这些东西要有一样不到,惹恼了菩萨就会要他的命。"张禄听见金寡妇要东西,暗自骂道:"好一个没脸的养汉老婆!若论这些东西、金银,都也不难。我要一耍这个老婆子!"张禄故意地叫一声:"娘娘,这些东西,实在是没钱都买不到。此时病人要吃糖水,还没有钱去买呢,哪有十两的一锭金银?菩萨若要降灾,也只好听命由天罢了。"金寡妇说:"既来之,则安之。看你们穷苦,也罢,拿出一千钱来好了,再给左右一串,权当贡献。管家替跪着,我大发慈悲,救救你家主人的性命。"张禄取了一吊钱,对金寡妇说:"此钱还是当了衣裳才有的。我家主人走不动,叫我前来替他上香。"

金寡妇手里拿着一面鼓,口里哼哼乱七八糟的东西,也不知道她在说什么。在屋里跳来跳去,又磕又拜,也不知哪路神仙能下凡,一连闹了三四遍。她还装腔作势,感觉像是被神仙附体的样子,嘴里面说:"病人他可有公子?"张禄说:"没有儿子",神人又说:"一共病了几个月?又不许愿又不烧香?一毛不拔就想治好病,这是不可能的事。"金寡妇说完这些话,张禄在下面笑得都快直不起来腰了。

金寡妇继续说:"你如果这样不尊敬神仙,我难以保你安康。"张禄强忍住笑,还得和她配合地说:"实在没有力量上供,我的菩萨。"金寡妇继续扮神仙附体的样子说:"要是这样,你再拿一吊大钱,我替你驱邪免灾。"张禄又说道:"娘娘,这一吊钱还是当了来的呢!多要一个,实在是没有了。等有了再上供罢。"神人又说话了:"忙时就来抱佛腿,闲时再不肯烧香。既然你说无钱,我何必恋坛场?"

张禄与金寡妇左说右对,穷磨了半日。金寡妇一看挤不出油来,暗自琢磨:"何不在他们家说些个丧话,一解我胸中之恨,大家好散!"金寡妇想罢,口中念道:"一请东方甲乙木,二请南方丙丁火,三请中央戊己土,四请西方庚辛金,五请北方壬癸水,六请家堂众祖宗。烧上高香把灯点,你们都,细听我讲分明。人吃了,五谷杂粮要生病,我的话你们要听:父母要是生灾病,不用吃药花费钱,只需断他七八天饭,管保叫他活不成。人家柴草点上火,包管大亮似明灯。许下长斋吃到老,天天晚上动荤腥。十冬腊月喝凉水,临死埋在灶火坑。这些阴德全要有,时时刻刻要遵行。"金寡妇说完坐在椅子上。

张禄一递眼色,立马从外边进来了几名公差。不由分说就把她们几个给锁了,金寡妇等人当时就大惊失色。

欲知后事如何,请听下回分解。

第三十六回
刘罗锅御旨试清廉

刘罗锅早在堂上等候多时,一见她们都来了,怒气冲冲地问:"你们这伙谁是头?哪一个身为圣母降神坛?"金寡妇回应:"小妇人,不过救人灾难,广结善缘,求神立愿烧香火,保佑家口平安。小妇人,又是寡妇多洁净,因此佛龛前不断香烟。经常有人上供来还愿,'金花圣母'是佛号,却与小妇不相干。这都是实情,小妇人不敢瞒。"

刘罗锅一听不住地冷笑:"妖妇休要嘴巧逞能!我不追究烧香还愿的事情,大家祈求免灾病是正常的。你不能装神弄鬼欺骗人,还对人家狮子大开口,巧取人家的钱财。擅自聚众结教,还自称是神仙下凡,分明是散布谣言,愚弄百姓!"刘罗锅把惊堂一拍,吩咐:"来人!把这些妖妇拉下去,先打她们二十板子!"衙役们过来,把金寡妇等一干人等摁倒,不由分说地就打了二十大板。刘罗锅又吩咐:"将妖人收监!"下边答应,把她们送入牢房。刘罗锅又放出告示,说明了情况。

刘罗锅公堂审金寡妇

刘罗锅才要退堂,陈大勇回禀:"大人在上,有京城的钦差来到,离此不远,请大人定夺。"刘罗锅一听不敢怠慢,立即换了吉服,带领官兵出了江宁府衙门,迎到十里外的接官亭,把钦差接进衙中。刘罗锅跪在下面接旨。钦差官高声把旨意念:"奉天承运,皇帝诏曰:晓谕爱卿刘墉,朕闻你在江宁做官清正廉洁,治国安邦把百姓疼。今补你升都察院,旨意一到速进京,星夜前来见朕躬。钦此。"刘罗锅磕头谢恩。刘罗锅站起来,对钦差说:"有劳贵驾走一程。"钦差说:"岂敢,恭喜大人高升,下官还要回去复命,就先告辞了。"刘罗锅说:"钦差大人走好。"刘罗锅送走了钦差,回来后把公事处理完,办理了一应手续后,急忙打点衣物,准备上京。

第二天一早,众属下给刘罗锅和张禄送到十里长亭,拱手告别。刘罗锅爷俩刚要走,就看见前面闹哄哄的人一帮人朝他们而来。罗锅一看是江宁的众百姓给他来送行。担酒牵羊无数,一个个跪在地上,眼含热泪:"大人,小民等闻听大人要进京去高升,特意前来送送大人。大人在江宁做官期间爱民如子,我等无以为报,只能拿一杯水酒来饯行。还特意为大人准备了一双新靴,望大人穿上新靴,把旧靴脱下,留在江宁。"刘罗锅一听百姓的话,不由得心中也伤感,他说:"百姓们,本府有何德何能?倒叫你们来饯行!刘某我无可为念,送你们两句话:奉公守法行正道,严妻教子把人疼。"百姓们纷纷点头。刘清官接着说:"尔等都回家罢,本府有皇命在身,要紧急进京面圣。"百姓无奈,一个个泪眼相送,刘罗锅爷俩在路上也不断擦着泪。

刘罗锅爷俩还像上任来的那般光景,乔装改扮,一路上饥餐渴饮,晓行夜住。这一天,来到了彰义门。进了京城,顺着大街往东走,到了菜市口,朝北一拐,又进了宣武门。刘罗锅爷俩在后宰门外找了个店住下。次日清早,刘罗锅来到了神武门外下车,他整整衣冠,进朝见驾,乾隆皇帝命他吉日上任。刘罗锅不敢怠慢,立刻回了自己的家——东四牌楼,路东镶白旗四甲喇驴市胡同。刚一下车,就有看门的人看见,把他接了进去,合家道喜,书中不细表。

刘罗锅等到了吉日,就到都察院去上任。可是刚做了三天,不知道是上了什么奏折,乾隆皇帝不但不准,而且还把他革职为民。刘罗锅只得又回到驴市胡同,择日要回山东原籍。乾隆皇帝虽说把刘罗锅革职,并非真心不用他,不过是要试探试探他往日的清名真与不真,这是乾隆的一计。随后找了三位大臣,拿了三千两纹银,到东四牌楼驴市胡同刘罗锅府中,假说是送路上的盘缠,看他是收与不收。

三位大臣奉了君命,不敢怠慢,来到东四牌楼刘罗锅的宅中。刘罗锅迎了出来,双方分宾主坐下。家人献茶。三人说:"刘大人,皇上一时盛怒将大人革职,我等知道大人是冤枉的。听说刘大人要回山东,我等无以为敬,奉送纹银三千两以表心意。路上吃杯茶和酒,也不枉,咱们同做一殿臣。"刘罗锅坏坏地笑了一声:"既然如此,刘某心领了。"三位爷一听,忙吩咐下人:"快去把银子搬来!"手下人登时就把六十封纹银送了进来。刘罗锅继续说:"三位大人,你们的三千两纹银先放在我家中,我要去见圣上,明人不做暗事。"刘罗锅进了宫门,来到奏事门前。等候多时,打里面走出一员接事官,走出门来。刚刚站住,就有那八旗六部众多文武官员,一起走至奏事官跟前,将奏折全都递将过去。刘罗锅一见,也走上前去。接事一见,带着笑说:"老大人,今日到此,有何贵干?"刘大人说:"今有一事,特来求大人替废员刘墉,转达天子。"说罢,将本章递了过去。

各位可能糊涂了,刘罗锅既然是废员,怎么还能奏事?书中暗表,刘罗锅那时候虽说是革了职,可他是太后的干儿子,所以和别人不同。奏事官接了众位大臣的折子,来到里面,将众位大人的本章,递给黄本的内侍。内侍呈到圣主面前,龙目御览。乾隆皇帝看到末尾,瞧见刘墉的奏折,上写着:废员臣刘墉,奏闻圣上:今有三位大臣到臣家中,说我刘墉实在寒苦,愿将三千两银子送给微臣,以作路费。臣素与他们并无这样交情来往;臣有心不收,又恐怕三位大臣见怪,废员担当不起。望圣上看臣子素日的辛劳,把三人宣来,当面问明缘故。刘墉感圣恩于万世矣!乾隆看完,不由龙心甚喜。

欲知后事如何,请听下回分解。

第三十七回
主考官深州查赈粮

乾隆说："刘墉果然清廉，名不虚传。这也是朕的洪福，才出这等忠良保我大清。自从朕登九五，四海升平，五谷丰登。到而今，万国来朝参见朕。朕的八旗兵丁如猛虎，又有这样贤臣子，何愁江山不太平？也不愧，太后把他认作义子。他父当朝居宰相，朝野上下赫赫有名，不幸身染重病亡故。而今刘墉又像他的父亲，耿直无私不爱财。恰似嘉靖年间的海瑞，不亚如我朝于成龙。"乾隆说到这里，龙颜大悦。

乾隆告诉身边小太监："快宣刘墉来见朕！"太监忙往外走，来到奏事门外喊："刘墉进见参圣驾。"刘大人不敢怠慢，紧跟着小太监，来到了乾隆的面前，跪倒参拜。刘罗锅说："废员刘墉来见驾，辜负圣上的恩情。"乾隆笑着说："刘墉，方才你奏的这件事，那是朕命人试探你的，你不要记挂在心上。"刘罗锅叩头说："臣刘墉谢恩！又蒙我主赐三千纹银盘缠。"乾隆说："好你个罗锅子，朕又中你的计了！又被你讹去了三千两银子，也好，就算是对你清廉的奖赏好了！"乾隆又说："爱卿，朕点你去保定府做主考，速速出京！"刘罗锅叩头谢恩，辞别了皇上，转眼就出了西直门，直奔东四牌楼，来到自家门口，进了内宅。刘罗锅吃完饭，交代了几句，着手准备去保定府上任。

刘罗锅坐着轿子出了城，过了涿州继续南行，眼看就到了定兴城。这时，刘罗锅就看见那一群男女一个个搀老扶幼往这边来。刘罗锅把家人王安叫了过来："快去问问他们，为什么舍弃家园？"王安来到了这群男女跟前说："大人叫你们去回话，快跟我走。"众百姓走上前来，跪在地上。刘罗锅问："你们家在何方，哪个州县的人？为什么要舍弃家园？"百姓们磕头说，"大人，我等家在深州城，今年旱灾实在难过，无可奈何才舍弃家园去逃难，要上京城避难。"刘罗锅说："不对，听说深州奉旨放赈，济卖官米呢，为什么你们不买？"百姓们说："老爷有所不知，虽然卖官米，与市价比也不便宜。"刘大人说："官米卖多少钱一斗？"一老民说："卖四百钱一斗。"刘大人说："奉旨卖三百钱一斗，怎么的他要四百钱？这一百钱谁要呢？"老民说："老爷还不晓得，一斗多卖一百钱，州官吃七成，衙役、书办、长随等吃三成；而且一斗只给七升！"刘罗锅自言自语："好一个万恶的赃官！本府要查到实据，一定要参倒你！"然后对百姓说："你们不必上京逃难了，暂且回家，不要声张。十天之内，我要叫你们三百钱买不了一斗米，我就白受皇恩了！"众百姓一听，叩头而去。

刘罗锅吩咐起轿，直奔保定府，两日后就来到了保定府。保定府官员把大人接入公馆，刘罗锅几天的工夫就把科举的事情办完了。然后，刘罗锅告诉下人，自己要去深州私访，手下人则暗中保护刘罗锅去深州。这一天刘罗锅就进了深州城,正看见一个老农背着一个粮袋子,他就问:"这位兄弟,我今是头一遭儿买米,不知道怎样一个买法?"那老农说:"一进州官衙门,南边有一座棚子,里头立着个柜,有个内厮,在里头卖牌子,四百钱一根牌子,是一斗。预先买了牌子,后往北边去打米。"

刘罗锅和那老农说话间,忽听有一个差人,站在衙门外高声喊:"卖牌子了!"众人闻听,一齐往里乱跑。来到棚里,拿了钱,拿着牌子,去北边打米。刘罗锅也站起身来,跟着众人往里走。他来到棚前站住,把那三百钱掏出来,往柜上一扔,说:"卖给我一斗米。"衙役接过钱来一数,说:"不够,少一百钱。"刘罗锅明知故问:"怎么少一百钱?"衙役说:"四百钱一根牌子,你这才三百钱,这不是少一百钱吗?"刘大人说:"官价三百钱一斗,你们为何要四百钱一斗?"衙役张三不耐烦地说:"你爱买不买,四百钱一根牌子!"刘罗锅又说:"你不要动气,我今儿不买,把三百钱递给我,我进去瞧个热闹。"张三将那三百钱递给了他,刘罗锅接过,迈步往里走,来到米场跟前站住。

刘罗锅一看,一支牌子一斗米,再一细看,一斗只有七升!刘罗锅过去拿了一个斗,放在手中掂了掂。他对衙役说:"斗小了可不成!皇上旨意是十升斗,你们私扣民粮,罪过不轻!"衙役一打量刘罗锅,和买米的穷民一样,嘴里冷笑:"你管一斗是几升?快快放下,不要在这野鸡戴帽——冒充鹰!"说罢上前夺斗,把罗锅摔了个倒栽葱。只听"叭嚓"一声,把斗摔了个大窟窿。衙役更有气,嘴里吆喝:"擅闹米场,私摔官斗该当何罪？伙计们,把他捆起来!"几个人上来就把刘罗锅给锁上了。

衙役回到衙门,把米场的事说了一遍,州官闵上通立刻升堂,一拍惊堂木说:"快带刁民上来!"下面一声答应,不多时,把罗锅带到堂前。众衙役吆喝:"跪下!"刘罗锅不慌不忙,把口袋一铺,就坐在了上边。众衙役一见刘罗锅坐下了,说:"你这个老头子,叫你跪下,你怎么倒坐下了呢?"刘罗锅说:"我没有犯王法,跪谁?为什么不坐着?"闵上通大怒道:"大胆刁民,见老爷为何不跪?"刘罗锅说:"你私自克扣民粮,就应斩首。"州官说:"你怎见本州克扣民粮?"刘罗锅说:"奉旨卖米,赈济贫民,官价三百钱一斗,你要四百钱,官斗十升,你为何又私改七升?"州官恼羞成怒,吩咐左右:"把这个刁民带下去,先打他二十大板,然后再问!"众役人走上前来,不容分说就要打刘罗锅。

欲知后事如何,请听下回分解。

第三十八回

刘罗锅御封大学士

闵上通正要扔签,就看见从角门外慌慌张张跑进一个人来,来到公堂跪下:"老爷在上:今有皇上钦点保定府的学政主考刘大人的大轿前来,离此不远,请老爷去接吧。"闵上通吓了一跳,心说:"莫非圣上打发他前来,是要查看我放米的事情?"想到这里,他吩咐手下:"先不必打他了,先把他枷号起来,在米场示众。等本州回衙后,再和他算账!"手下人把枷号给刘罗锅戴上,带到米场示众去了。

两个衙役带着刘罗锅来到米场中,把罗锅锁在石鼓子上,百姓闹哄哄的都来看热闹。李家镇的李洪认得几个字,走上前来念:"现有刁民王玉,家住李家镇,因他私闹米场,特枷号一月。"李洪看完,不由吃了一惊,李家镇并没有一个叫王玉的人!他走到刘罗锅前面问:"你姓王?"刘罗锅说:"我不姓王,我姓刘。"李洪说:"那你叫什么?""我叫刘墉。"李洪一听,一把拉住两个衙役,走到一边说:"可不好了!听说山东的刘大人叫刘墉,别是他罢?"张栋说:"哪的话呢?山东的刘大人是罗锅子。"李洪说:"你瞧瞧,难道说他不是罗锅子?"张栋留神一看——果然是个罗锅子!张栋说:"咱们俩快跑吧!"说完,他俩往东飞跑而去。

再说闵上通刚出了衙门,就瞧见了刘罗锅的大轿迎面而来。闵上通只当刘大人在轿内,想要上前请安。王安一见深州的州官闵上通站在道旁,将马勒住:"刘大人在哪呢?"闵上通说:"大人不在轿里吗?"王安说:"你别做梦了!刘大人拿着一条口袋买米去了!一早就进了城,你没有看见吗?"闵上通一听王安的话,头上当时就冒了一股凉气,腿肚子转了筋:"我今天可是瞎了眼,莫非那老头子就是刘大人?我把他放在米场枷了号,谁知他是奉旨的钦差!这刘罗锅子真会骗人!"闵上通顾不得回话,转身就往回走。王安一问,才知道情况,一催坐骑来到了米场。一进米场,就看见刘罗锅在石头鼓子上锁着。王安吓了一跳,急忙跪在地上说:"大人,为何戴刑具?难道瞎眼的州官不认得大人?"刘大人一瞧是王安来了,马上吩咐他说:"你暂时不必问原因,快找州官过来。"他的话还未说完,就看见深州总兵李元真迎接他来了,直说:"不知大人驾临,有失迎接,请大人宽恕。"刘罗锅说:"你来得正巧,你快把闵上通拿下,还有那锁我的两个衙役。"李元真得令,办理拿人的事情去了。王安要给刘罗锅开锁,罗锅说:"你别开枷,我还要去热河见圣上。"说完就往深州衙门的大堂而来。

闵上通听见王安的话,吓得跑进书房,也不敢坐下,满屋乱转,来回地说这二句:"可要了我的命了,可要了我的命了!"闵上通正自言自语,就听见院子有脚步声,原来是李元真带领兵丁前来。李元真来到书房门口,一把手把竹帘子抓住,用力扯下来,扔在院中,对身后的兵丁说:"快些把闵上通拿住。刘大人在大堂等问话!"手下人不敢怠慢,来到州官闵上通的跟前,不容分说就把他捆上了,推出了书房,来到了大堂上。

　　闵上通一见刘罗锅果然是买官米的那个老头子,而且还戴着枷,坐在他的位置上,吓得他跪在下面磕头说:"大人在上,卑职瞎了眼了! 不知是大人前来,有失迎接,冒犯钦差,卑职罪该万死。望大人高抬贵手!"刘罗锅说:"你不必惊慌,等我上热河,见了主子,把你做官的好处说一遍。皇上若说你做官很好,只怕还有恩典,圣旨前来,眼下高升,也未可定。"闵上通只是磕头:"求大人开恩!"刘罗锅吩咐:"来人,把州官闵上通带下去好好看守,如有闪失,本官定不轻饶。令深州三衙,暂且署自己的印。备轿,本官要去面圣。"众位再看刘罗锅的打扮:头上戴着个破草帽子,身上穿着月白布破汗褂子,脚上穿着一双旧鞋,又戴着一面枷,可真有看头了!

　　刘罗锅坐上了轿子,穿街越巷,出了深州城,上了北京的大道,直奔热河而去。一路上刘罗锅不断命轿夫加快速度,书说简短,这一天就来到了热河。刘罗锅来到宫门外,找到了接事官,对他说:"烦大人替我传达一下,我刘墉奉命,上保定府考选文童已毕,前来复命交旨。"接事官不敢怠慢,转身往里去。来到乾隆驾前跪倒,口中说:"奴才启奏圣上:今有刘墉,打保定府做主考回来,现在禁门候旨。"乾隆说:"宣他进来。"接事官答应,来到奏事门外站住,高声说:"皇上有旨,宣刘墉觐见!"刘墉一听,不敢怠慢,一同往里而走。二人一边走着,接事官一边问:"刘大人,你这个枷,从何处来的?什么人给你戴的?"刘罗锅说,"大人,这件事提起来话长,等我见了圣上,大人自然明白。"

二人说话间就来到了禁门。刘罗锅见了圣驾,不敢急慢,跪在驾前,说:"臣刘墉,打保定府考童生完毕回来,在我主驾前交旨。"乾隆往下一看,瞧见刘大人戴着枷,跪在下面,上面写着:"刁民王玉"。乾隆问:"刘墉,你事也太多了,怎么戴着王玉的枷来见朕?又有什么事故?快些奏来!"刘罗锅向上叩首:"我主万岁,这个枷号是深州州官闵上通给为臣戴的。"乾隆问:"爱卿,闵州官为何与你将枷戴?其中情由对朕说清楚。"刘罗锅就把深州发生的事情说了一遍。

乾隆一听,龙心欢喜:"爱卿,你为国为民,何罪之有?"乾隆吩咐:"将刘墉的枷号拿去。"御前官不敢急慢,急忙上前为刘罗锅将枷号拿了下来。刘罗锅磕头谢恩,一旁站立。乾隆继续说:"刘爱卿,难得你赤心报国,忠正可嘉。朕封你为内阁大学士。"刘罗锅磕头谢恩。乾隆又发旨意一道给保定府的知府梁肯堂,说他"失于觉察,罚俸三年"。然后将州官闵上通斩首示众。

欲知后事如何,请听下回分解。

第三十九回

李忠喊冤欲救主人

乾隆传旨已毕，又往下说："刘卿家，昨日有河务的本章上报，说沧州那里河水甚浅，粮船不能行走。你替朕代劳，前去察看一番，回来奏朕。"刘罗锅说："为臣遵旨。"刘罗锅领旨，往外而走。出了宫门，上轿回京，回到家中把事情安排好之后，选了一个吉日去沧州一带察河。

刘罗锅接到皇命后，不敢耽搁，带领陈大勇、王明、朱文、张禄等人来到沧州，早有知州在十里接官亭候着。刘罗锅听说这人本是青县知县，现在代理沧州知州一职，姓钱，名叫钱碧喜。因为做官糊涂又贪赃，百姓给他送了一个外号，叫"钱串子"。钱碧喜见刘罗锅到了接官亭，抢先一步跪下："卑职青县知县，代署沧州州印钱碧喜迎接大人。"张禄说："起去。""哦。"知县答应，站起退闪一旁，让过刘大人，这才上马跟在后面。

刘罗锅来到驿馆，吃了饭，休息了一会，马上盼咐张禄："你去把此处州官叫进来。"张禄出来对知州钱碧喜说："我们大人传您呢。"钱碧喜用手正了正官帽，跟着张禄往里面来。进门行了礼，然后旁边侍立。刘罗锅问钱碧喜："钱碧喜，你是科甲出身,还是捐纳?"知县说:"卑职捐纳出身,原在青县做县令,今年正月受印到州。"刘罗锅点点头:"你手中,办过多少案件?"钱碧喜说:"卑职办过几件,现有稿案在衙内存放。"罗锅又问:"沧州府库有多少银子?"钱碧喜说:"共一万二千两,在布政衙内存放。"刘罗锅说:"本官明日到你的衙门查对文卷。明日伺候,请喝茶。"知县喝了茶,告辞而去。

第二天,刘罗锅上了马,直奔州衙而来。钱碧喜在衙门前迎接。下人拉马。刘罗锅坐下,对钱碧喜说:"你去把稿案拿来,本官要看看。"钱碧喜不敢怠慢,转身带领书吏,立刻将一应之案全都拿来,放在公案之上。刘大人仔细一看:有响马绿林客的大案,偷鸡摸狗的小案;也有酗酒无故人打死人;也有谋财害命,图谋田产;也有谋害亲主,奸夫淫妇一个心;也有图嫂害兄坏人伦;也有弟兄吵闹分家争产业;桩桩件件判得十分清楚。大人看完不断地点头,心说这个人不像传说中的那样,案子判的倒是清楚。

刘罗锅拿起最后一案,原来是个大案:死囚赵喜,当堂招出窝主李国瑞,乃是武举,住在沧州城北李家屯。李父做过湖北武昌卫守备,已故,举人李国瑞并无兄弟,一妻一妾,膝前有一儿子,才三岁,家中有不少良田,男女十几个奴仆。知县传到当堂,审问不招,收在监内。他家内妻、妾、一子,还有一名使用丫鬟,半夜全部被人杀了,业已呈报。县官验尸以后,出文书访拿凶手,将举人定成坐地分赃、窝藏盗寇之罪,现在监内。

刘罗锅看完,心中沉思:这案其中有蹊跷。李国瑞是官宦之后，家中不应该缺少金银。何必窝藏众响马？这里面一定有情况。想到这里，刘罗锅问："这案子你是怎么问的，可否告诉本官？"钱碧喜说："大人，赵喜供出李武举，卑职就把他传到了衙门。最开始的时候审问，他没有招，后来，卑职先把他举人的资格革掉，卑职动了刑，把他夹了两夹棍，他才招了。卑职定罪后，把他给收监了。谁知他家遇上了歹人，杀了男女四个人，次日报到我衙门。卑职派人去海捕，至今无获，望大人宽恕。"

钱碧喜正说话间，就听见门外有人喊"冤枉"的声音。刘罗锅吩咐下人："带进来！"左右跑出去，对着那个人说："别嚷！别嚷！大人叫你呢！"那人跟着衙役，来到公堂，跪在下面说："冤枉！青天大老爷快救人！小的主人是李国瑞，县官不问青红皂白，严刑拷打我家主人，他难受刑罚被迫招认，现在正在监牢里面关着。不料又遭大祸，夜晚盗贼进门杀了我家男女四人，凶犯至今都没有拿到，县官却不管这件事。小人家主遭此大难，小人本想要上京城告状，不想今日大人来到。小人李忠求大人重新提审我家主人，为他洗脱冤情！"说完直磕响头。

刘罗锅看堂下跪的人有花甲年纪，满脸都是皱纹。光着脑袋，身穿一件白布衫，布鞋布袜。眼睛里含着泪。一看就是个忠诚的家丁打扮，刘罗锅问："你叫什么名字？家丁说："小的名叫李忠。"刘罗锅说："你家老主人做过湖北武昌卫守备，归家后不久亡故；你少主人是武举，家道殷实，被贼人供出是窝主，坐地分赃。你想想，你们平日和贼人有没有仇？"

李忠说:"我们素不相识,从未谋面,哪来的仇恨?"罗锅说:"这就奇怪了!那他们杀了人之后,可曾偷了什么东西没有?"李忠说:"小人现有丢失的单子在此,请大人过目。"说完,把单子递了上去。刘罗锅拿起一看,只见上面写着:七月十八日半夜,杀人男女四口;丢失卧房座钟一架,一个玉瓶,二副金头面,六封银子,二根金条。刘罗锅望着李忠:"当时报过官没有?"李忠说:"报过,报过。"刘罗锅点点头,又对李忠说:"也罢。既如此恳求,本堂再提审李国瑞,帮你家拿贼就是了。"李忠连连磕头,千恩万谢。

刘罗锅转身对钱碧喜说:"你明日一早升堂,本官要提审此案。"钱碧喜一听,当时就吓得差点魂都没了。

欲知后事如何,请听下回分解。

第四十回

钱知县欲杀人灭口

钱碧喜送走刘罗锅之后,急忙把衙役甄能找来,他对甄能说:"大事不好了!这个罗锅子要重审李国瑞的案子,这可如何是好?"甄能心中也不安,他说:"这可怎么办?必须想一个主意才好,这可不是闹着玩的。"钱碧喜说:"横竖不能让他知道你我之事。"甄能沉吟多会,忽然说:"有了!太爷将黄直传来,赏他十两银子,叫他半夜用沙子口袋把李国瑞压死,对外说是暴毙,这样就没事了。"钱碧喜忙说:"你快去把他叫来。"

甄能转身出去,来到监牢。黄直看见甄能进来,忙说:"甄头儿,请坐。"甄能说:"大人叫我来找你,你快跟我去,有要紧事。"黄直不敢怠慢,和甄能一同去见钱碧喜。钱碧喜说:"本官待你如何?"黄直说:"大人对小人很好。"钱碧喜说:"好,本官今天有一件机密事,别人可不能知道。"说着,回手在桌上取了十两白银,给了黄直,然后对黄直说:"本州今天给你这十两银子,有件事情要托你给我办。你要办完了,我再给你一个元宝。"黄直暗说:"什么事呢?"正在琢磨,又听钱碧喜说:"武举李国瑞,此人与我有仇,万万留不得。留他终究是祸患。你今夜务必要用沙子口袋把他压死,明早递一张暴毙的单子。事成之后,再赏你一个元宝。"

黄直一听说还能得到一个元宝，连忙答应，转身出了衙门。他买了个羊脖子，打了一瓶烧酒，回到牢房，对李国瑞说："李爷，今日我在外边遇见你家老家丁，他买了酒和肉，让我陪你喝酒聊天，帮你排解心中苦闷。"李国瑞说："真难为他，始终没有忘记主仆情。"黄直说："此处不是饮酒的地方，到我的房中去喝。"李国瑞出了牢房，来到了黄直的房中。二人坐在床上。黄直又从怀内掏出三百多钱，吩咐他们："今晚我与李爷在这里说话，不进监房了。各位弟兄，拿钱打酒喝罢。"众人感谢，一齐出去喝酒去了。黄直不断地敬李国瑞酒，希望早点把他灌醉，然后动手杀了他。李国瑞以为他是好意，也就没有防备，不一会就喝得有点醉意了。

喝了一会，外面已经是三更了。黄直说："瓶中酒也不多了，咱二人喝完好睡觉。"李国瑞说："黄哥，我的酒喝得差不多了，不能再喝了。"黄直说："不多，就剩一点了，咱们都喝了吧！"李国瑞只好硬着头皮把酒又喝了下去。黄直说是也喝，可他偷偷地把酒给倒在地上不少，不一会，黄直就看见李国瑞醉了。黄直轻手轻脚地走到外间屋，将沙子口袋、毛头纸、一碗凉水，预备齐全。

黄直用话骗李国瑞："李爷，此地虽然清静，但保不准还会提你上堂，我害怕让别人看见我没给你上刑具，这样我可就有麻烦了！"李国瑞点点头："你只管上刑具，我不怨你！这是牢房的规矩。"黄直让李国瑞躺在床上，他把李国瑞的手脚都绑上了。黄直这才对李国瑞说："我明人不做暗事，今夜特意给你来送行。我们大人和你有仇，特意送我十两银子，让我要了你的命！"李国瑞当时吓得酒醒了，身子要想起来，可是被绑得结结实实！李国瑞正在着急,看见黄直拿着一碗水和毛头纸,走了过来。黄直说:"你不用动了,起不来了！依我说,你就好好的受死得了！"李国瑞大叫一声:"老天绝我,老天绝我！"

黄直转身把沙子口袋拿来,放在李国瑞小肚子上,然后他坐了上去。李国瑞说:"黄爷爷,你不过为十两白银,就下此毒手。你若救过我,等我出去,我把家产给你一半。若有一句虚假,天打五雷轰！"黄直说:"这会不好使了！我实话告诉你,今天刘罗锅来了,他是奉旨察河。这刘罗锅爱管闲事,他白天看了你的供词,正盘问我们大人的时候,你家李忠前来告状,他要救你。刘罗锅准备明早重审此案。故州官命令我杀了你,天明去递一张暴毙的单字。刘罗锅无活口可审,我们也就没有事了。你想,我们还能救你?"李国瑞叹气:"死定了！可怜,可叹！"说完,把眼一闭。

黄直含了一口凉水,照着李国瑞脸上喷了一口,然后把纸铺在他的脸上,他又不停地喷水铺纸。李国瑞登时憋得满脸都紫了,身子却无法动弹！他不停地扭动着身体,想要挣脱。半个时辰后,李国瑞的身体就不动了。黄直点点头:"你可死了！这是你前世命该如此。"黄直说完从李国瑞下来,把沙子口袋拿开,怕明天让别人看出破绽来。黄直往地下一跳,不知怎么回事,一下就磕在硬物之上,直接晕过去了。李国瑞其实并没有死,这得益于从小练过功夫。当时他虽然被沙子口袋压得昏过去了,全身发紫,只是背过气了。等沙袋拿了下去,胸口渐渐地有了起伏,不过神智仍然不清。

牢头黄直深夜害武举

刘罗锅吃过了饭，又在灯下看了看李国瑞的案件，心中一直琢磨怎么审理才好。不知不觉间，天就到了三更。张禄催促他："大人，快休息吧，明天还要早起呢！"刘罗锅问："张禄，你如何看李国瑞的案子？"张禄说："大人，我觉得这个案子怕是被冤枉的。你看，李国瑞家里不缺钱财，没必要去为了几个钱冒着被杀头的罪去犯事，而且他的家人被杀了四口人，可是县官却没有抓到人，李国瑞要是窝藏响马，谁又敢动他家的人？我倒担心县官会作出什么事情来。"刘罗锅猛然惊醒，大呼："张禄，你去把陈大勇、朱文、王明三人叫来。"不一会。三人站在屋里等候吩咐。刘罗锅说："方才张禄一句话提醒了本官。李国瑞现在牢中，本官怕知县钱碧喜要杀人灭口！咱们今夜抓紧去查监。免得出现变故。"刘罗锅又向陈大勇说："你要乔装打扮，找出杀害李国瑞一家四口的凶手，本官限你三天！"陈大勇答应。

刘罗锅说完，带着朱文、王明，直接奔沧州的监牢而来。

欲知后事如何，请听下回分解。

第四十一回

泄奸三官役戴枷锁

钱碧喜一听刘罗锅半夜要查牢房,吓得他魂不附体,赶紧穿好衣服,也直接往牢房而去。等来到了牢房,就听到刘罗锅说:"快快松绑!用凉水把他救活了!"钱碧喜一听,浑身哆嗦,转身就要往外走,就听见刘罗锅说:"钱知县,随本官去公堂!"钱碧喜无可奈何,只好跟着来到了公堂之上。刘罗锅问他:"那人身犯什么罪?为何刑上又加刑?为何床上放着水碗、毛头纸蒙面?以往经过快从实讲来,若有假话我不容!"钱碧喜吓得浑身哆嗦,心想:老天保佑,李国瑞快点死了吧。嘴里面说:"大人,卑职不知道这是怎么回事。"就在这个时候,下面跑上来一个人,禀告刘罗锅:"回大人,李国瑞、黄直又活过来了。"大人一听心中高兴,钱碧喜一听吓出了一身冷汗!刘罗锅吩咐朱文:"带他俩上堂回话!"

刘罗锅对武举说:"李国瑞,你有何冤情?以往之事,细细回禀本官。"李国瑞说:"大人,小人名叫李国瑞,辈辈祖上有功名。家住沧州李家营。小人二十就中了武举,每日在家中勤学苦练。不想上个月遭大祸,钱碧喜传我到衙门问话,他当堂就叫小人招供,可是小人并没有做窝主,我怎么能招认?他审了一遍后,就把小人关进了班房。晚上派甄能过来,他对小人说:'李国瑞,你惹的官司可不小,竟敢和贼人坐地分赃!不过,我可以帮你求求老爷,替你开脱。不过办这件事情需要一万两纹银,才能把你的命救回来。'小人没有答应。知县钱碧喜首先除了我举人的名,然后打我四十大板,后来又上两夹棍,小人无奈,只好招供。每次家人来送饭,都要交十吊钱才能进来。上个月三十日,家中失窃不少物品,我家男女四口都被杀死!凶犯直到现在无拿住。昨天二更时候,牢头黄直过来和小人喝酒,喝到三更时分,他把我绑在床上,告诉我是知县钱碧喜听到大人要审问我,所以让他杀了我,他然后拿了水碗和毛头纸,想要活活地憋死我。幸亏大人赶来,不然小人就没有命了!"

刘罗锅问黄直:"你有何话说?"黄直一听,就把钱碧喜给他钱,让他杀害李国瑞的事情说了一遍。刘罗锅听完,怒气冲天,对朱文、王明说:"你二人动手,先把知县顶戴花翎摘去,本官今天要好好审审这个人面兽心的家伙!"二人连忙动手,钱碧喜战战兢兢地跪在公堂下面。罗锅吩咐:"先将钱碧喜夹起再问!"衙役套上夹棍然后左右一使劲,钱碧喜哎呀一声就背过气了。底下人用凉水喷活,钱碧喜大叫:"大人,不用夹我,我招!"钱碧喜就把以往经过说了一遍。

刘罗锅大怒:"你这个贪官,待本官奏明皇上,让你不得好死!"刘罗锅一摆手,衙役拿开了刑具,刘罗锅又吩咐:"传甄能!"甄能在旁边看得一清二楚,战战兢兢,想溜又不能溜,正害怕呢,忽然听见叫他,连忙上堂,跪在下面说:"小的甄能,见过大人。"刘罗锅一拍惊堂木,大喝:"方才本官之言,你可听见了?"甄能不敢狡辩,说:"小人都听见了,全然不假。小人情愿领死。"刘罗锅吩咐把他们三个人收监,然后又对李国瑞说:"武举李国瑞,你先暂且回家等候,待本官拿住杀你家人的凶犯,一起问罪结案。"刘罗锅说完,起身出来,回去休息不表。

陈大勇领了刘罗锅要他去捉拿杀害李国瑞一家四口的凶手的命令后,不敢怠慢。扮了一个老西儿,肩上扛着一个小被套,出了南门,越过关厢,又走了十里地,远远看见一座村庄。进村一看,路东有个小酒店,他正又渴又饿,连忙走进铺门坐下。铺家过来问:"这位爷,您吃点什么?"大勇说:"先给我来四两酒,拌豇豆一份,里面你给我多放点盐,再来三斤饼。"铺家答应,不一会就把东西都摆上了,陈大勇坐在那里吃了起来。这时候一个人走了进来,对店家说:"掌柜的,还像昨天那样,炒鸡子多用葱。打三斤酒,二十个火烧,茄子豇豆来两份。"说完把钱一放。那人猛一回头,两只眼睛瞅着好汉就不动了。他看了又瞧,瞧了又看,陈大勇暗吃一惊:这人瞅我一定有缘故,难道我哪里泄露了身份!正想着,忽然听见那人问:"这位爷,是不是姓陈?"陈大勇说:"正是,你有什么话尽管说。"那人说:"此处不便说话,等你老吃完了东西,咱到外面再讲。"大勇点头,心中说:"这是谁呢?怎么晓得我的姓呢?"他把东西吃完,站起来就出了小酒店。

二人往南走有一里多远,看见有座土地小庙,里面并无一人。二人进去,就地而坐。那人说:"陈老爷,你老不认得我了？"大勇说："一时想不起来了，尊驾是谁？"那人说："也是，一晃都十年了！再者，我又头上生疮，辫子也剪了，故你老难认。"陈大勇说："贵姓呀？"

那人说："小人名叫冯吉，原先也伺候过老爷，后来老爷押运千总粮船，有一天小人喝醉了，在船上和一个八旗兵丁打架，他被小的推在水里，不知死活。老爷念小的平日忠厚，给了我十两银子，叫我半夜逃走。小人下船逃走，无处可投，后来银子花尽，就流落在沧州地面。因我给庙里和尚锄地，和尚见我老实，就将我留在庙内干活，总算有碗饭吃。不知老爷这身打扮，所为何故？如今老爷的官，又升了？"陈大勇说："别提了！"就把船上遭风，失了皇粮，把官丢了，然后来到江宁府，刘罗锅让他当了一名巡捕，现在要去捉拿杀害李国瑞一家四口的事情说了一遍。冯吉说："不知那家丢失何物？老爷告诉小的听听。"陈大勇就把武举李国瑞家丢失的物品说了一遍，冯吉一听脸上露出笑容。

欲知后事如何，请听下回分解。

第四十二回

陈大勇进庙认凶徒

冯吉一听,不由得自言自语:"对呀!"陈大勇连忙说:"冯兄弟,你怎么说'对'呢?"冯吉说:"说来话长。我住的这个庙里当家的老师父,在几年前就去海岛金山寺了,把庙交给了他的大徒弟了凡,了凡现在是住持。这个了凡,不像个出家人。他师父刚走,他就找了许多拿刀动枪的人,弄得寺庙乌烟瘴气。前年又来了八个人到庙里拜把子。他们杀猪宰羊,拜关公,把清静之地弄得不成样子。他们的姓名、外号儿,我还记得呢:老大叫常七秃子,手使两口刀;老二叫过街鼠刘老善,会钻沟,又能上房;老三叫飞上房吴配,手使绳鞭。老四名燕尾子刘四,善能蹿跳,手使铁尺;老五名闪电神邓八,房上来去,踪影全无,手使铁拐;老六名叫仙鹤腿张四,一天能走五百里地,善能报信;老七名叫杨四把,飞檐走壁;老八名萧老叔,外号半边俏。萧老叔手使单刀,飞檐走壁。这八个人,就他最不好,又毒又狠,见了人家妇女,经常是先奸后杀,不留活口。有六个人前天动身去外地做买卖去了,如今庙里只剩下萧老叔和杨四把二人!"陈大勇说:"你怎么知道是他们干的呢?"冯吉说:"那六个人临走之时,萧老叔说:'帮我把这两个玉子儿金条卖了吧。'故此,我听陈老爷说,武举李国瑞家丢了玉子儿金条等物,我一合计才说对。不知道是他们俩哪个人干的?今日他们聚会,了凡和尚也在内。"

陈大勇听完后大喜过望,他对冯吉说:"你能不能把我带到庙里,认一认他们,然后再作商议?"冯吉说:"这好办。我和爷儿说了这么半天话,我回去就说等着火烧,等得急了,我就自己先拿酒菜回来。火烧让伙计自己给送过来。你老就可以将火烧送到庙里。"陈大勇说:"好,就按照你说的办。"

两个人一同出了小庙,冯吉把火烧交给了陈大勇,二人拐弯抹角来到了寺庙。冯吉嘱咐了陈大勇几句,自己先走了进去,说:"等火烧等的晚了,我就先回来了。一会伙计就把火烧送来。"说完,把酒菜放在桌子上。大勇一看时间差不多,也走进庙门,找到了冯吉。冯吉说:"伙计,你把东西放在里间屋里桌上。"

陈大勇答应一声,走进套间,看见里面坐着一僧二俗,西边的是一个僧人,手里拿着鼻烟壶,身穿僧衣,看样子应该是了凡。正中坐着一个少年,脸上长着细白麻子,胡须很少,吊眼角,一脸的青筋,没有血色。坐在那里抽着水烟。东边那个人年纪不过三十岁,没有胡须。手里面抱着棍槊。陈大勇看完后,心说:"我可以向大人交差了。"陈大勇记住几个人的模样,走出了套间。冯吉跟在后面,也来到山门前。陈大勇说:"我回去找人,今晚二更时分过来拿人。你把山门虚掩,到时候我们进来方便。"冯吉点头会意,把门关上。陈大勇迈开大步,往回就走。

太阳刚落山的时候,陈大勇回到了衙门,见了刘罗锅说:"大人,小人奉命已经打听到了贼人的下落,请大人吩咐。"刘罗锅说:"陈大勇,你多有辛苦,给本官讲讲贼人的情况。"大勇说:"小人打听着了,人我也见到了。"陈大勇就把见了冯吉,冯吉告诉他那些贼人的出没,六个人不在庙内,现有凶手半边俏萧老叔、杨四把,后来假装送火烧到庙内的事情回禀了刘罗锅。

刘罗锅听得是又惊又喜,喜的是,无名的凶手能打听出来,案子马上就可以结了;惊的是贼人武艺高强,萧老叔必然扎手,又有杨四把帮助,不能轻举妄动,只怕拿他不容易。如果派陈大勇、朱文、王明三个人,要拿二人恐怕不容易,万一萧老叔跑了,再要找他就更难了。刘罗锅低头想了多时,也没有好的计策。忽然听见陈大勇说:"大人不必忧虑,小人我倒有个主意,我今晚带着朱文与王明先去寺庙盯着。大人速传这里的王千总,叫他带着几十个兵丁,多带长杆与套索,围住寺庙,不让他们三人跑出去。我等三人进庙捉拿必能成功。这种办法最为妥当。"刘罗锅点点头:"必须这样才能捉到凶犯。"

刘罗锅吩咐:"快传千总王彪!"衙役去不多时,千总王彪就进来了。他对罗锅施礼:"刘大人,不知叫卑职前来,有何吩咐?"刘罗锅说:"王千总,本官有一事相求。李国瑞家人被杀一案的凶手,是个大盗,武艺高强,还有一个帮手叫杨四把。本官恐怕拿急了,贼人走脱。所以叫你前来,你带兵丁三十名,预备钩杆、套索,大家努力,必能将凶犯拿住,本官自有奖赏。"王彪说:"卑职遵命。"王彪转身出门,准备去了。

刘罗锅问陈大勇:"你们三个人准备怎么动手?"陈大勇说:"小人已经嘱咐过冯吉,叫他留门。二更的时候我们三人到庙中,让朱文、王明堵住房门,小人在院内惊他一惊。他们若出来动手,我就擒拿他;他要是想跳墙逃跑,外面有兵包围,钩杆套索,不怕他飞上天去!必能生擒。"刘罗锅说:"那好,你们要小心。"说话之间,千总王彪禀报说:"回大人,兵丁已经来了。"刘大人说:"天不早了,你们走吧。我等你们的好消息。"陈大勇、王明、朱文换上便衣,带上兵器,收拾利索后,辞了刘罗锅,和千总王彪出了门。王彪、陈大勇等人急走十里之遥,刚刚到二更天,众人就来到玉皇庙外。陈大勇将众人安排在庙外,墙的四周由三十名兵丁围住,每人手中各拿挠钩套索。王千总把守山门,大勇、王明、朱文三人等候三更动手。

欲知后事如何,请听下回分解。

第四十三回

大勇三人夜袭寺庙

陈大勇对朱文、王明说:"二位和千总王老爷在这里等一下,待我进去先打听一下,等我打探清楚后,咱们再进去拿人。"三人叮嘱他要小心。陈大勇说完一跺脚,纵上墙头,又跳在地上,没有一点声音。他轻轻迈步往西走,看见三间禅堂点着蜡烛。陈大勇轻轻走到窗棂以外,舔破窗棂纸,往里观看。大勇留神细看,瞧见三个恶人,还有俩妓女。了凡和尚和萧老叔正和两个妓女打情骂俏,尽说些下流的话语,杨四把直咳嗽,好像是感冒了,坐在一旁看他们几个逗乐子。陈大勇隔窗看他们闹得实在太不像话,就像公狗遇见了发情的母狗一样。陈大勇大怒,刚要进门动手,又一想:第一,他们人多,武艺高强,我一个人不一定能制服他们;再者,三人同来,不叫他们,如何使得?他们还会挑理,说我不招呼他们。等我出去,把他二人叫进来一起捉拿贼人。想到这里,他顺着原路返了回来。

陈大勇见到二人后,对他俩一摆手,二人点点头,紧紧跟在陈大勇的后面,来到后院。这时天已经三更了,一僧一俗各带着一个妓女,回屋睡觉去了,杨四把回后边的玉皇阁了。

三个人堵住了房门,各拿兵器,一声喊叫:"凶手秃驴!你二人快快出来受死!"半边俏萧老叔、花和尚了凡他们二人还没有睡,半边俏听见喊声,一骨碌爬将起来,说声:"不好!快些出来!"和尚不会武艺,伸手往床上一摸,没有摸到自己的衣裤,把那妓女的小衣套上了,跳下炕来,爬进炕洞里,妓女也跟着他爬进来了。

半边俏萧老叔听见门外有人喊,他就知道杀人的事情犯了,有人要捉拿他。他来到后窗户那里,用手把窗户棂子掰掉两根,飞身上了房,站住身形,一看有三个人正堵着房门。陈大勇高声叫:"凶徒!快些出来束手就擒,这会装缩头乌龟没有用!你要再不出来,我们就放火烧房子了!快滚出来!"

半边俏萧老叔拿起房上的几块瓦,拿在手内,把手一扬,把一叠瓦照着大勇的后心打了过去。"吧"一声,瓦正打在陈大勇后心之上。大勇不防,往前一扑,几乎跌倒。他转身扭头观看,可是天无月色看不清楚。王明朱文一齐问:"陈爷,怎么了?"大勇说:"何处瓦来打?房中必有埋伏!"三人的话还未说完,就听见房上有人大喊:"三人休猖狂!待大爷我来会会你们!我要下去动了手,你们的小命难保!"半边俏说完,"嗖"一声就跳到了地上,手里拿着刀,对他三人说:"你们来拿我,也不知天高地厚!大爷手中的这口刀,能挡人几百,哪怕围住我,要说走我就能走。你们要是知趣,就不要在大爷刀下找死!"陈大勇高声回应:"二位兄弟,你们把住房门口,防止房中跳出人!"陈大勇说完,手中提着刀,一个箭步蹿了上去,使了个拨草寻蛇,直刺前心。萧老叔将刀朝下一甩,两口钢刀当时就冒出火花！半边俏刀法得名人指点传授,陈大勇刀法遇过高人指教。这一个,苏秦背剑朝后剁;那一个,胸前抱月用刀迎。陈大勇和萧老叔二人斗了半个时辰,没有分出胜负!

王明、朱文二人把守房门,观看二人动手,只听"叮当"刀响,火星乱迸。王明说:"朱二哥,你看陈爷是遇见了硬茬子了。咱们应该帮帮他!"朱文说:"对,咱们三个人拿一个,这样把握大。"王明点点头,二人各拿兵器;扑上前来。朱文、王明二人,一个用刺,一个用铁尺,照着萧老叔就扎就打。半边俏一见,哈哈大笑:"好汉岂用别人帮助？狗仗人势不算人!姓陈的,我说你菜你就菜,就这个本事还想擒我？不是老爷说大话,再添这两人也是白搭,瞧长相就不像人!"说着一个箭步,照着王明头顶就是一刀,王明用铁尺往上一挡,他抽刀一甩又剁向朱文。朱文连忙朝后退,萧老叔刀又去奔大勇腹部下去,大勇单刀往上抢。三人围住半边俏,铁尺、刺、腰刀,齐往上攻。萧老叔一口刀敌住三个人!几个人翻翻滚滚斗在一起,大战多时不分胜败。

这个时候,兵丁听见打斗声,也都涌了进来。萧老叔一看形势不对,把身一纵,"嗖"一声就纵到大殿上的边上。陈大勇也随后跟着他上了大殿,上来后,四下观瞧,可喜这会月亮已经出来了。他看见内的玉皇阁上像是有人,赶到玉皇阁上,萧老叔又蹿出庙外民房上去了。大勇嘴里对地面大喊:"你们都往东赶呀！我瞧见了！他往玉皇阁方向去了,大家分头追赶,我还房上找,你们在地面搜,务必找着!"朱、王答应，留下十名兵把守此庙。千总王彪带领二十名官兵在地上追赶。

萧老叔蹲在民间房上，隐住身形，暗暗沉思："想我自幼学艺，学成后在外面害人。被我害的男女有二三十人，到目前没有人能擒拿住我。来到沧州，遇见了七位哥哥，我们金兰结义，可是今天六位哥哥出门去做生意了，七哥今天身体还不舒服，我一个人难以抵挡他们一帮人，本想上房逃走，谁知这个人拼命追赶，等会他若寻找到此处，我给他点眼色瞧瞧。"想到这里，手中拿了一块砖，二目直瞅地上的动静。正在这时陈大勇赶到，萧老叔看准方位，右手一扬，照着陈大勇的胸口飞了过去，大勇"哎哟"一声，从房上掉了下来。

欲知后事如何，请听下回分解。

第四十四回

萧飞贼落网受剐刑

萧老叔"嗖"一声,蹿下房来,要取英雄性命,谁知大勇,砖虽打在前胸,不甚很重。会武艺的人,身子活动,掉在地上,也没伤着。他连忙爬起,抓刀将身一纵,准备再上房拿人。萧老叔刚跳下房来,只听耳边"嗖"的一声,原来是陈大勇纵上房去。贼人一见,说:"好厉害!真是个难缠的人物。倒要留神。"陈大勇刚上房,也听见"嗖"的一声,连忙回头一瞧,原来是贼人拿刀下去了。大勇忙伸手拿了一块砖,转身跳了下来,脚一沾地,左手接刀,右手把砖打了出去。贼人不防,刚要迈步,右肩膀上中了一砖,打得他身子一晃,暗叫不好,一跺脚,又纵上房去。大勇也跟着纵了上去,抢刀就剁。

好一个,擒贼的陈大勇,一心想要拿住这个贼人,这一刀剁得十分有力,嘴里面还叫:"贼人你听着,老爷今夜是拿定你,快快束手就擒,我好向大人交差。"萧老叔大怒:"咱俩今日拼了命好了,我叫你把我擒了去,半边俏从今往后不出来!"说完挥刀直扑陈大勇。二人房上的打斗声把屋里百姓也都惊醒了,一家老小尽吃惊,只听见房上人声喊,躲在屋内不敢出声。陈大勇刀刀奔着要害处,一心想早点捉住萧老叔。萧老叔不想和他纠缠,虚晃一刀,嘴里说:"你少逞能!大爷我还有别的那事情,不和你玩了!"萧老叔双足一纵,蹿上别的房子上去了。大勇一看,不由心里吃了一惊,此房离那房有一丈,他根本就上不去,只能眼睁睁地看他上去。陈大勇连忙跳到地上,在地上紧紧追赶。

陈大勇一边追赶,一边口中大叫:"拿贼呀!拿贼呀!"萧老叔找了个地方,往下一跳,原来是屠户猪肉铺的后门。掌柜的姓刘,长了个傻大黑粗,一身的浑劲。今天他跑肚,正要出恭,就只听房上"叮咕咚"瓦响,然后听有人高声大叫"拿贼",屠户说:"这下可好了,有银子赚了!"正说着,只听"唿"一声,从房上跳下一个人来,跳在屠户身上,屠户一看马上就双手抱住萧老叔,嘴里面喊:"抓住了!抓住了!"萧老叔恐遭毒手,忙回手一刀,扎进屠户的肋窝之上,当时屠户就死了。半边俏刚要脱身,趁着这个空儿,陈大勇早到身后,扬手一刀,打在左膀上,左膀当时耷拉下来了,又在肋骨上补了一刀,萧老叔跌倒,趴在地上起不来了。陈大勇高声喊:"拿住了!拿住了!"

朱、王、千总二十名官兵听见"拿住了",急忙奔着声音而来,叫开铺门,一起奔后院。大伙一见,果然将贼拿住。又见旁边有个死人,铺中伙计瞧见掌柜被贼杀死,大家着急。陈大勇说:"你们别害怕,等我回禀大人。告诉你们,我是刘大人派来拿贼的。"肉铺伙计这才将心放下。大勇叫兵将萧老叔捆上,派四个人看守死尸,一起出了庙。不一会,冯吉也出来了,众兵将萧老儿放在地上。陈大勇对着朱文、王明说:

"二位，快带几个兵进房，把屋里面的人统统拿出来，他们都是同党，把那个妓女放了好了，她和本案没有关系，然后咱们好交差。"朱文、王明二人答应，带了几名兵丁，一齐进房，留神细找。

朱文、王明带五名兵丁进房一看，就听见炕洞有人的声音。兵丁借灯光低头一看，看见妓女和了凡和尚。五名官兵齐动手，把了凡拉出炕洞中，二话不说，就拿绳子把他捆上了。那个妓女一见，浑身发抖。王明说："没你的事情，你快走！"朱、王二人带着五名官兵，押着和尚出了房，来到当院，将僧人放在萧老儿一处，又把庙搜了一遍，也没见到杨四把的踪影。这时，天已大亮，陈大勇带领众人，押着人犯，回到了衙门。陈大勇、王明、朱文、千总四人来到堂上，大勇打个千，对刘罗锅说："大人，凶犯已经拿到，请大人发落。"刘罗锅吩咐："带进来！"大勇答应，转身把人带到了公堂之上，跪在下面。

刘罗锅在座上一看：和尚了凡长相很平常，跪在那里战战兢兢的。萧老叔也就二十多岁，脸上长着细白的麻子，瞪着两个圆眼，身体灵便，一看就不是善类。刘罗锅看完，一拍惊堂木，口中问："堂下之人，你叫什么名字？家住哪府哪州县？你为何要行凶杀人？同伙有几个人？快从实招来！若要隐瞒一个字，本官立刻动大刑！"萧老叔说："大人，我家住河间任丘县，萧老叔是我的名字。半边俏是我的外号，我能飞檐走壁，谋害了多少人命，我已经记不清楚了。武举李国瑞一家的四口是我杀的。今天被你拿住，要杀要剐，随便！"说完哈哈大笑。

陈大勇擒拿萧老叔

刘大人吩咐："带一干人犯上堂！"不多时，衙役就把武举李国瑞、家丁李忠、县令钱碧喜、甄能、黄直等人带了上来。刘罗锅提笔判断：知县钱碧喜借机敲诈，从中牟利，引起人命官司，判充军发配；甄能是事情发生的祸根，按律绞死；黄直贪图钱财害人，一并绞死；了凡和尚窝藏贼人，知而不报，按律充军；冯吉给信有功，升为衙役，在陈大勇的名下听差；萧老叔罪大恶极，实行剐刑。刘罗锅同时发出海捕公文，抓捕燕尾子、常七秃子等贼人。武举李国瑞被冤屈，刘罗锅写本，保他做补授千总。断案完毕，刘罗锅吩咐把人犯收监，等旨正法。

几天后，圣旨下来，同时一干人犯就地正法，刘罗锅擒贼有功，被升为总督，立刻上任。刘罗锅不敢怠慢，即刻前往保定府去了。

欲知后事如何，请听下回分解。

第四十五回

段文经拒聘惹祸端

大名府有一位道台,姓熊名叫熊恩绶,膝下有位少爷,二十二岁,名叫熊杰。道台衙门有一名衙役叫段文经,一身的好本事。他妻子汪氏生有一女,十九岁,论容貌不比西子、昭君差,真可谓是国色天香。段文经的妹夫叫徐克展,在道台衙门当马快。还有一个叫张君德,一个叫刘奉的,他俩都有些武功。二人也在道台衙门当差。

七月十五日晚上,甘露寺要作法事,烧法船,男女老幼都来看热闹,熊杰带着两名手下也来看热闹。熊杰刚走进甘露寺,就看见西边站着一个大概二十岁的女子,当时就惊呆了。那个女子是杏眼含秋波,两道弯眉好像月亮,樱桃小口让人爱。身穿一件桃红衫,绣花的坎肩穿在外面。别说凡人瞧着爱,神仙看了也会动心!熊杰心中暗暗说:"我熊某若和此女成连理,方不愧我父官居三品!"熊杰扭头问李升:"你顺着我的手看:西边纸马铺的台阶上,那一个穿红衫的女子,你认不认得?"李升说:"少爷,你不知道吗?这就是咱们衙门中段文经的女儿!"熊杰说:"太好了,看来此事有望!"

第二天一早,熊杰把李升叫了进来,说:"李升,我今天找你来,是让你帮我办件事,你多预备些彩礼,然后去段文经家提亲,我要娶他家的女儿。"李升说:"少爷只管放心,我一定把事情办成!"熊杰说:"既然如此,你快去!"李升答应一声,要到段家提亲。李升来到段家,找到段文经说:"段爷,恭喜你,昨晚熊公子在甘露寺看上了令爱,特意托我来提亲。少爷虽然娶过妻子,不过他们俩夫妻感情不和。你说这不是好事吗?"段文经心中动怒,脸上还是笑着说:"李牢头。难道咱们在一个衙门当差,你还不知道我女儿已经有婆家了吗?劳你的大驾,回去谢谢少爷的美意,就说我女儿有了婆家,现在正在准备婚事,断难从命。"李升一听段文经的话,无奈地站起身来,回去禀报熊杰去了。

　　李升回到了衙门,进了书房。熊杰一见李升回来就问:"李升,那件事怎么样了?"李升就添油加醋地把事情说了一遍。熊杰一听,气了个目瞪口呆,说:"好一个段文经!你这么一个人物,竟敢小视于我?等我慢慢和你算账!"熊杰让李升回家去了。他一赌气,饭也没有吃。小内厮来祥说:"少爷,这件事情你先不要生气。要依小的想,李升是个笨人,不会说话。再者,段文经也未必瞧得起他。这件事依小的看,少爷竟把段文经找来,以礼相待,然后再言此事,他再无不应之理。何用少爷生气?"熊杰一听,连忙说:"很好,你快出去把段文经请来,就说我在书房有事情找他。"来祥找到段文经,把他带到了书房。

　　段文经见了熊杰,先请了安,然后在一旁站立,说:"少爷叫小的,有何吩咐?"公子熊杰说:"段头儿请坐,我有话说。"

段文经说:"少爷在此,小的不敢坐。"公子说:"但坐无妨。"文经告谢,这才坐在下首。熊杰说:"段头,昨天熊某一见令爱,就身不由己地喜欢上了。令爱大有淑女意,端庄典雅不轻狂。熊某不由心生妄想,想娶令爱到家中。不知,段头答应不答应?"段文经急忙说:"公子的抬爱,我父女感激不尽,不过小女在去年就已经有婆家了。眼前十月就要过门,少爷想,一女怎么能许两门?请少爷见谅。"段文经说完就要告退。

　　熊杰一看,马上伸手把段文经的衣袖拉住,说:"我还有话讲。"段文经一见熊杰如此胡闹,生气地说:"少爷好不讲道理!少爷是三品之官之后,如何这样胡为,岂不令人耻笑?别说我女有了婆家,就是没有婆家,按照大清国律,本地之官也不能娶民间之女。你竟不明,老爷的前程,就会毁在你的身上!"说完使劲一摔,把熊杰摔倒在地,段文经也没有过来相扶,气愤的竟然自己就出去了!来祥一见公子倒在地上,忙把公子扶起。熊杰恼羞成怒,坐在椅子上面说:"好你个段文经,我不要了你的命,誓不为人!"来祥也在一旁说:"也难怪少爷生气,段文经真是不识抬举!"二人正在说话之间,忽见从外边跑进一个小门子来,说:"老爷来了!"

　　熊恩绶吃完早饭,正准备到书房闲坐。刚走进书房,就看公子面带怒气未消,他就问:"我儿因何生气?"熊杰听见他父亲问,就把事情说了一遍,熊道台没有说话。熊杰一看父亲没有说话,马上又添油加醋地说:"段文经毁骂父亲。他说"清官生孝子,贪官定养忤逆。你这狗子真可恨,要抢有夫之女。你家老爷看来也不是好东西。'父亲大人如果不信,问问来祥便知晓。"熊恩绶问来祥:"当真?"来祥说:"少爷说的都是实情。"熊恩绶动了气,对来祥说:"快去叫李升!"来祥出去,把段文经叫了进来。熊道台问:"李升,我儿瞧上段文经的女孩,今早差你去到段家提亲,段文经不允,是真的吗?"李升说:"是真的。小的不敢撒谎。"熊道台又问:"你可知道,他的女儿有没有婆家?"李升说:"这件事,那是段文经推脱。前几天他还托小人给他家女儿找个婆家。"熊道台点头说:"你歇着去吧。在外面不要说起此事。"李升答应,转身出去了。

熊恩绶对熊杰:"你不必着急,为父给你出气,管叫段文经活不成。"熊道台说完一扭头对他的长随刘能说:"你去找上个月劫抢银库的四名贼人,叫他们供出段文经是窝主,老爷我网开一面,可以减轻他们的罪名。快去快回。"刘能一会就回来了,禀报熊恩绶说,事情都已经办好了。

欲知后事如何,请听下回分解。

第四十六回

劫大狱血洗道台府

熊恩绶一听，马上吩咐升堂，把四名抢劫银库的犯人带了上来。熊恩绶问刁恺："大胆贼人，本官问你，你等所偷银两，受何人主使？"刁恺说："大人，是府内的衙役段文经！"

熊恩绶装模作样地说："此话当真？"刁恺说："小的之言，千真万确。老爷如果不信，叫他来当面对质。"熊恩绶吩咐把段文经带上堂。不多时，段文经来到当堂，跪在下面。

刁恺等人一见段文经，众口一词地说："老爷，就是他！"段文经一见刁恺无中生有，也明白了八九。段文经用手一指刁恺："无耻之徒，你们想拉扯我来减轻你们的罪名，你们太卑鄙了！"熊恩绶一声断喝："段文经，刁恺说你是窝主，此事你有何分辩？"段文经说："老爷，小的并没有干过这件事，望老爷明镜高悬。"熊恩绶冷笑："你说没有就没有？看来不动大刑，你是不能招了。来人，上夹棍！"左右把夹棍取来，将皂头段文经按倒在地，将他的两腿夹入木棍之中。熊道台吩咐："拢绳！"左右将绳一拢，只听"咯吱吱"夹棍响亮。三夹棍过后，段文经面不改色！熊恩绶一见段文经不招，他想了一会，然后吩咐："先将段文经收入牢房，明日早堂再审问。"下役答应，把段文经带了下去。熊恩绶退堂，众衙役散出。徐克展对张君德、刘奉说："你们哥俩在未时以后，到咱们头头段大哥家，我有话讲。"二人答应而去。

徐克展出了道台衙门，直奔段文经住处而来。他走到上屋里，见了他的大嫂子汪氏，也不顾坐下，急忙说："嫂子，不好了，祸从天降！熊道台诬陷我大哥是窝主，连夹了他三次，大哥都没招，现在被关在狱中。也不知道是何事情惹了他？"汪氏就把熊杰提亲的事情说了一遍。徐克展一腔怒气把心攻，大叫一声："气死我了！狗官仗势欺人，这个仇我一定要报！"正在这时，张君德、刘奉二人也走了进来，徐克展说："二位老弟，来得正好。我这和嫂嫂讲咱大哥的事。"他就把提亲的事情又说一遍。二人说："这还了得？令人可恼！"张君德说："徐哥，事已至此，你有什么主意？"徐克展说："二位老弟，咱和段哥有八拜之交，你我若不救他，有负结拜的交情。依我的愚见，今夜三更进衙门。咱们各带钢刀，先杀贪官的满门。然后再去劫牢狱，救出段大哥。"二人一听都说："有理，就这么办！"

徐克展说:"二位老弟,今晚三更,你我各带兵刃,越墙而过,溜进内院,拨门而入。如此而办,方能有成。道台手下有一名长随,名唤吴连升,身上也有点武艺,今年二十四岁。咱们先杀了他,省得他出来多事。"张君德、刘奉二人说:"此话有理。"三个人打定主意要血洗道台家。三人将长衣脱去,穿上绑身小袄,换上薄底快靴,面巾蒙头,每人找了一口钢刀,暗藏身边。收拾完毕后,徐克展对汪氏说:"嫂嫂,你们赶紧收拾。等我们救出大哥,咱们好一起出城。"汪氏答应。徐、张、刘穿街越巷,直奔道台衙门,三人来到道台家的墙根下,侧耳留神听了听,没有动静。三人不怠慢,"嗖嗖嗖",纵在墙头,轻轻地跳了下来,来到了东厢房外,只听房内打呼声。徐克展用手一推门,三人就进了屋里,一递眼色,三个人一起出刀,吴连升一命呜呼。然后,他们三个人又来到了熊杰的门外,徐克展留下张君德、刘奉把守,他一脚就把门给踹开了,一个人去杀熊杰。熊杰刚刚然睡着,忽听门响,猛然惊醒,向外一看,见一人手提钢刀,直奔他来。他急忙往床后一滚,早叫徐克展一伸手给揪住了!徐克展说:"你往哪里走?仗你父的官威,强霸有夫之女,今日狭路相逢,叫你有威难使!"说完,手起一刀,将人头剁下。这时候,米祥也惊醒了,大喊:"杀人了!杀人了"!徐克展一见,回手一刀,把他也给杀了。

熊恩绶睡梦之中惊醒，连忙穿衣下了地。他从墙上摘下腰刀，左手拿灯往外走，刚下了台阶，还没有站稳，张君德和刘奉就揪住熊恩绶，高声喊："徐哥快出来，我们俩，拿住了贪官！"徐克展一听，连忙跑出西厢房，来到院中，见熊道台被张、刘二人揪住。徐克展一见熊恩绶两眼通红，手起刀落，只听"喀嚓"一声响，熊恩绶"哎哟"一声栽倒在地，他们几人一连又剁五六下。他们三人杀红了眼，走进屋把道台的妻妾也都杀了，三人这才出了气。徐克展对张君德、刘奉说："二位老弟，咱们快到牢房中把大哥救出，杀了刁恺等人，然后把合监之人，全都放出来，叫他们暂且帮助咱们杀出城去，再作主意。"

徐克展、张君德、刘奉来到牢房门口，徐克展上前叫门，王三问："外边是什么人？"徐克展说："是我！"王三听出是徐克展的声音，就把门打开了。徐克展一狠心，"咔嚓"一刀，就杀了王三，然后直奔段文经的牢房而来。段文经正在里面闷坐，猛听人声讲话说："段哥在哪一块呢？"段文经一见，急忙说："三位老兄弟，来此何事？"三人一齐动手，把段文经刑具打去。徐克展然后又把杀熊道台一家的事情说了一遍。

段文经说："事到如今也不管这么多了，兄弟们，跟我先杀刁恺。"他们四人找到刁恺等人，手起刀落，四人人头落地。他们又把牢房中的犯人全部放了出来，犯人们各抓兵器，叫嚷着要杀出城去。牢中的牢头、禁子，瞧见这光景，哪一个敢拦阻？段文经对徐克展三人说："三位老弟，你们带领众人冲出去，为兄我到家中看你嫂嫂和侄女。"段文经说完，回到了家里。看见妻女，把杀官劫狱说了一遍，然后让她们跟他出城。汪氏说："夫君，我母女鞋弓袜小难行路，如果被人擒住，会有损名节，对你也不好。把你钢刀借给我母女，我们自行了断。"段文经心如刀绞，泪如雨下。汪氏拿过刀，一抹脖子，女儿段瑞平也自刎而死。

欲知后事如何，请听下回分解。

第四十七回

擒刘奉总督即遣兵

段文经看见妻女已死,刚要举火烧房,就听门外喊叫连天,他急忙手提钢刀往外跑,看见众囚犯正抢街坊金银财宝,外带各找兵器,预备去闯城门。段文经大喊:"快点,早出大名!"众贼一听,都跟段文经来到城门下。门房内负责把守城门的千总张宾一看一帮人过来,出来断喝:"什么人,竟敢半夜弄城门!"千总张宾的话还没说完,一个犯人照着张宾就给了一刀,张宾一下就倒在地上,眼看着没命了。手下众门军一看,全都跑了,段文经等人砸开锁头,出了城门。刚走出城门不远,就看见大队官兵冲了出来,把他们团团围住,准备捉拿他们。双方动上了手,不一会,五十三个人死的死,抓的抓,就剩下段文经四个人。四人奋勇,一齐动手,杀出重围,伤了一员把总、十数个官兵,向西南落荒而跑。

段文经、徐克展等人一夜跑出九十里,眼看就要大天明。几个人一看,前边有一座破庙。四人互相看了看,一起走到破庙内。他们来到大殿上,刚坐在地上休息,就看见那神像后边,跑出十九个彪形大汉,把他们围在中间,段文经等人急忙抽出刀来。忽然看见一人笑着说:"段爷可好?你不认得我柳龙了?"段文经忽然想起,口中忙说:"你就是当初在赵道台手里犯官司的柳贤弟?"柳龙说:"不是我是谁呢?"段文经又说:"既然如此,我这里还有三位患难的兄弟,过来给大家引见一下。"柳龙高喊:"列位兄弟,快过来,这就是柳某常提的段文经大哥!"众贼过来一一见礼。段文经把徐克展、张君德、刘奉介绍给众人。叙礼已毕后,大家坐在地下,柳龙忙备酒上菜。

众人喝了一会酒,段文经说:"各位好汉,你们藏身此处,很难成大事。这样,岂不埋没众英雄?咱们不如去抢大名府,回来后招兵买马,成就一番大事。"柳龙说:"有理!我等久有此意,怕的是孤掌难鸣。素闻段爷仗义疏财,广交朋友,胸怀奇术,大名府远近皆知。

我等愿和段爷结为昆仲,患难相扶,好共成大事!"段文经听完强盗柳龙的话说:"列位既然赏脸,段某岂敢推却?"柳龙说:"段哥,既然应允,事不宜迟!"众人焚土烧香,拜了把兄弟。段文经是大哥,柳龙算是二盟兄。第三就是徐克展。段文经说:"兄弟们,愚兄有条计策,咱写张告白,上面写:'八月十三兴人马,要抢大名这座城。'官兵必然要遣将派兵守大名。咱们八月十六进府,各自把兵器带进城。三更动手,大事准成。"众人齐声叫好,段文经叫他们找了管破笔,写了十几张告白,随即派了四个人进大名府去贴。

回头在说大名府。大名府的知府靳荣藩连夜来到保定府,向刘罗锅报告大名府道台熊恩绶全家被杀害的事情,刘罗锅问明情况,画影图形捉拿段文经等人,一面上奏进京。

刘罗锅还急调古北口提督阎大人到大名府。第二天,刘罗锅还未起来,堂官就跑进说:"公馆门外贴字帖,上写着'八月十三抢大名'。"刘罗锅慌忙穿衣,亲自去看,一看果然属实。刘罗锅回到大厅,坐在那里正琢磨其中的意思,就听见内堂官禀报:"古北口提督阎大人来了。"刘罗锅迎至廊檐下,两人寒暄了几句。提督阎大人也是来告诉他看见八月十三日要抢大名府的告白事情。刘罗锅也把刚才发生的事说了一遍。

刘罗锅说:"阎大人,咱们要加紧防备,不然恐怕会伤到百姓。"提督随即吩咐下属官员,要派兵加紧把守大名府。闲话少说,光阴似箭,转眼就到了八月十三。这一日大名里外全派兵。各个腰刀弓箭带腰中,马不停蹄来防守,直闹一天一夜,也没瞧见贼人的影子,才知是虚惊一场。刘罗锅和阎大人心这才放下。

段文经等人八月十五日这一天,他们全部改扮,奔大名府而来。白天各找地方藏身,夜晚混进大名后街,在城隍庙聚齐动手。众贼人虽然混进大名府,但谁知刘奉被人查出了身份,拿去见了大名知府靳荣藩,刘奉没受得住夹棍,把情况全招了!知府靳荣藩大吃一惊,出了衙门直奔总督刘罗锅的公馆而来,把段文经要抢大名府的事情说了一遍。刘罗锅听完,扭头对家人说:"快请提督阎大人派兵捉拿段文经等贼人。"手下人急忙传话去了。刘公又传一道令:"叫各城门抓紧关闭,门下多派鸟枪手,防备贼人去闯城。"知府靳荣藩忙答应,下去安排去了。

刘罗锅刚喘了口气,喝了口茶,又见从外跑进一名巡捕官,来到跟前说:"回大人,古北口提督阎大人前来拜见。"总督刘大人说:"有请。"巡捕官答应,去不多时,提督阎大人就进来了。二人分宾主坐下。刘罗锅对阎大人说:"方才有知府靳荣藩前来回禀,说他们拿住了一人,名叫刘奉,此人就是杀害熊道台的凶犯之一。因受刑不过,口吐实情,说他们一伙二十三人,今晚全都进大名府,二更天在城隍庙聚齐。要杀官劫库!"提督阎大人说:"胆大囚徒真万恶,竟敢来抢大名!也是贼人命该尽,恶贯满盈逃不脱!大人,今晚我们多派人手,在城隍庙那里设置埋伏,等他们来齐之后,一鼓而歼。大人意下如何?"刘罗锅说:"这个计策好,有劳提督费心了。"提督点点头,然后对总兵说:"命令官兵在城里暗暗搜拿段文经、徐克展等人,如果拿住段文经,赏三千雪花银!如拿住徐克展,赏他纹银一千二百两!如果放走贼人,与贼人一例同罪。告诉兵丁,今晚二更前在城隍庙埋伏,多带鸟枪、弓箭、绳索,务必要全歼贼人!"

欲知后事如何,请听下回分解。

第四十八回
徐克展德州被生擒

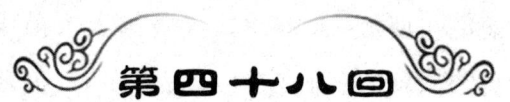

段文经、徐克展、张君德等人在二更准时来到了城隍庙前,段文经清点人数,发现少了刘奉,问了众人谁也不知道他的下落。正在疑惑间,就看见一枝响箭冲天而起,紧接着四面喊声四起,定眼一看,四周全是官兵,手里面拿着鸟枪、弓箭等物。段文经暗叫一声:"不好!"正在这时,刘罗锅在对面开口说了话:"段文经众贼,你们听着!你们已经被团团围住,快快束手就擒,本官奉劝你们还是不要抵抗的好,不然定叫你等性命难逃!"段文经说:"兄弟们,我们已经被包围了,如今之计,只能是拼个鱼死网破,如果能冲出去,大家再聚集,如果死在这里,二十年后又都是好汉!"众人齐声答应,他们发一声喊,一起冲了出来。刘罗锅命令放鸟枪和弓箭,贼人纷纷倒地。段文经、柳龙等人杀了几个官兵之后,也纷纷被捉住,只有徐克展一个人冲了出来,直奔德州方向跑了。刘罗锅一面把众人带回府衙严加看守,另一方面发出海捕公文,捉拿徐克展。

徐克展刚进入德州,就被德州的县令陈工给认了出来。陈工吃了一惊,心说:"他同段文经杀了大名府的熊道台一家七口,半夜逃走,这如今各州府县,画影图形捉拿他。这个人武功高强,我可不能轻易打草惊蛇。"他悄悄地吩咐手下跟踪徐克展,他低头想了许久,忽然计上眉头,对长随说:"你快去叫王文左见本官!"长随答应翻身去,不多时,王文左就到了。陈工说:"你赶快去通知一干人等,徐克展在德州出现,关闭城门,要他们赶快缉拿贼人!"王文左赶紧下去准备去了。徐克展感觉后面有人跟踪,就赶紧来到德州南门,想出城去。抬头一看城门关闭,门洞内还一溜站着几个人,端着鸟枪。他不敢向前走,掉头就朝东边那个胡同跑。游击李胜龙、守备冯兴武、千总张土喜、把总、外委,还有一干兵丁、衙役得到消息后,全部都跟进这个胡同来。

徐克展进了胡同,抬头一看,前面没有道路,原来是一条死胡同!徐克展暗说:"不好!前有城墙拦路,后有官兵追赶,吾命休矣!"眨眼之间,后面的官兵也到了,齐喊:"拿呀!这是个死胡同,他可无处跑了!"说着就往上涌。徐克展见事不好,也不和众人动手,将脚一跺,"嗖"一声,蹿上房去。众人齐声高喊:"上了房了!上了房了!"游击李胜龙一见徐克展上了房了,吩咐守备冯兴武带兵五十名,在一边等他,他带领千把、外委、兵丁、衙役,到房子北边,厢房两边都有人,冯兴命令官兵挨家挨户地搜查徐克展,看他还能往那里跑!

徐克展上了房,迈步如飞向东跑。跑过了几间房子后,正跑到一间草房上,就感到脚下一空,原来这间草房年久失修,土已经松动了大半,他跑的又急,一下就把房踩塌一大块,泥土一齐往下掉。徐克展身不由己往下坠,可巧这正是王文左的家。王文左的娘和他的弟弟王文福正在吃饭,就听咕咚一声,房上掉下一个人来,哗啦一声,碗盏也砸碎了!两个人当时就目瞪口呆!王文左的母亲陈氏看到徐克展掉了下来,稳了稳神,站起身来,用手一指徐克展说:"你这个人好没道理!放着好好的路你不走,你为什么打我们房上走,把我们的房子糟蹋了?你到底是什么人,来我家干什么?"徐克展从房上掉了下来,刚刚爬起,看见面前站着一男一女,老太太口中不断地数落他。他虽有一身的武艺,现在也是孤掌难鸣,他也不敢往外走,怕官兵捉拿他。

正在这时,王文左回到了家,抬头就看见了徐克展,他一心想要捉住徐克展,好在上司面前立功。他手抡铁尺下绝情,照着徐克展就打了下来,口中大叫:"快来人啊,贼人在这里!别让他跑了!"徐克展仗着武术护身,一探手就把王文左的铁尺给夺了过来,然后顺手一挥,王文左就被摔倒在地,他赶上前去,抡圆了铁尺,照着王文左的脑袋就是一下,王文左当时就把性命给丢了。

徐克展杀了王文左,出了院门,正要在上房逃跑,哪知道这个时候遇到了克星。哪知道刘罗锅刚察河回来,从德州经过,轿子刚进了南门,就看见许多兵丁,手拿鸟枪,连忙关上门。刘罗锅一问,才知道情况。刘罗锅对陈大勇、王明、朱文三人说:"你们三人也帮助捉拿徐克展!"陈大勇、朱文、王明各拿兵器要拿人。三人奋勇朝上冲,口中说:"贼人休跑!"陈大勇当先往上跑,朱文、王明随后跟。三人很快就追上了徐克展,铁尺、刺和大刀都朝他身上招呼。徐克展手抡铁尺朝上冲,贼人也是拼了命,要与三人拼一拼。陈大勇三人一起往上拥,围住贼人不放松,陈大勇一个箭步蹿上去,对准徐克展就是一下,徐克展刚要转身,朱、王的兵器就到了身上,只听"啪"的一声,他身子一栽,就倒在了地上,陈大勇又过去补了一下,徐克展的肋骨当时就折了几根。这样一来,三人拿住了徐克展,押着他来见刘罗锅。

刘罗锅一看徐克展被抓住,大喜过望,吩咐下人把他牢牢地捆住,押回保定府,听候万岁的圣旨。等回到了保定府,皇上的旨意也下来了,要刘罗锅把段文经、徐克展等人斩首示众,刘罗锅捉贼有功,择吉日上京,另有奖赏。刘罗锅接了旨意,选了个日子,把段文经、徐克展、柳龙等人押到菜市口,全部斩首示众。熊道台一家被杀一案,也终于画上了句号。刘罗锅等人前往京城复旨去了。

官差生擒徐克展